亦

舒

作

品

华语世界深具影响力作家

亦舒
作品
24

我哥

湖南文艺出版社
HUNAN LITERATURE AND ART PUBLISHING HOUSE

博集天卷
CS-BOOKY

作品

贰
拾
肆
号

壹

名人亲戚

十

少年时黑白世界因这位兄长添上许多色彩。

奇 景

　　卫斯理自幼古怪，喜满街游荡，他少年时住旧上海，华洋杂处，龙蛇混杂，出了名冒险家乐园，是以他见过许多古灵精怪的事情，先是告诉弟妹，后来，读者也知道了。

　　他说亲眼看过"偷天桃"与"种梨树"两种大魔术，全在街头表演，中华人民共和国成立后失传。

　　又说旧时烟花，空中可呈现唐三藏四师徒取经图，栩栩如生，历久不散。

这种奇技，多数守秘不宣，传子不传女，日后一定消失，不比西方世界，一早发表报告，接着注册专利。二十一世纪，北美几乎所有著名学府都把他们的科学研发记录放在互联网发表，欢迎解读。

卫斯理说得最好的是关于饥饿的经验，他说当时一里外都可以嗅到红烧肉香味，又告诉我们，遇见过鬼魂，野狼，棕熊。

少年时黑白世界因这位兄长添上许多色彩。永远感激他带我入行，我确比别的写作人幸运。

后来，当然，大家都知道，南京的血橙与雨花台美丽石卵，都是天然形成，与传说无关。

哥 哥

珍·方达在一次访问中说，"爹爹（指亨利·方达）的事，我都是在报章杂志上知道的，我与他很少来往，至今尚有隔膜。"

我与哥哥也这样。

哥哥倪匡与我见面机会极少，一年不超过十次，见了也没什么话说，要知道他近况，唯有读报上他写的稿子。

在英国念书的时候，看一本周刊，才知道他与香港市政局合办一个贝壳展览，穿套白西装，接受访问与拍照——天下有这样的事，哥哥的事，妹妹要阅报才能知道。

在英国四年，他写过三封信给我，至今尚留着。他在专栏谈政治问题，我便知道他心情不好。他在报上谈音响设备，我便知道他最近挺开心。

他比我长十一年，双方有半个代沟。多年来留着沟而不填，顺其自然，因为君子之交淡如水，人与人之间，无论什么关系，能够淡便耐久，这是不变的道理。

我非常尊重他，时间过去，距离拉近之后，敬畏之心减却，地位比较平等，但我还是情愿在报上了解他，而不企图接近他本人。人人都说明星熟络之后，也就是凡人，我不愿意与他混得烂熟，哥哥每人有，明星哥哥，不是每人有。

名人亲戚

最常听见的问题，"倪匡是你哥哥，还是弟弟？"只得老大的眼递将过去，再不计较，也不能问一个女人比她大十一岁的哥哥是哥哥还是弟弟。

又有一次，马路上走着走着，忽然听见读者说："看作家，看作家！"心头一乐，想：可轮到我了，于是挺胸凸肚地迎过去，谁知读者们指着老伴道："倪匡，倪匡！"

他每每被读者误认，皆因眼镜与发型相似，几次三番在车站被少女叫住要签名，走投无路，只得喊："我认识倪匡，但我不是倪匡。"

这个阴影尚未摆脱，另一个又跟着来了，躺医院里，年轻貌美看护不住打探问："倪震几时来看你，倪震为什么不来？"

病情险些因看不开而加重。

言若有憾，心实喜之，与有荣焉。

虚荣心发挥到至高无上阶段，希望所有亲友都名成利就，我等方可狐假虎威，闲闲说起："阿甲是我二哥，阿乙系我表弟，阿丙是我爷叔。"不亦乐乎。

做名人的亲戚最好，坐享其成，又不用背黑锅，受压力。

自行了断

二十多岁的青年要做一个小型手术，令他父亲担心不已。

因我们家一贯实施自行了断，故觉突兀。

十七八岁之后，但凡有这种事，例不告知家长，免他们担心。

当年老匡弃学从军，当上解放军，每次遇战事行军全中国之前，必定写好一大沓信，托友人每隔十天八天代寄一封到香港给母亲，永远报喜不报忧。少年的我也读过那工笔蝇头小楷家书，多数不着边际地与母亲讨论《红楼梦》与《西厢记》之类，那时，他不过二十一二岁。

弟在英国胡弗汉顿胃出血倒地不起住院多日，我们要待事过情迁五六年之后才知道消息，也无人表示特别同情，那年他十八岁。

轮到我做手术，两次都未有知会老人，可是不幸照片被某周刊围上黑边登在封面上，并有标题说在深切治疗部急救，老父一惊，拨电来问，幸亏早已出院，若无其事，对答如流，敷衍过去。

又不是没的救，劳动父母做什么，他们的工作早已完毕，何苦叫他们白白担惊受怕。

有什么事，包括天塌下来，通通自我了断。

信

　　我们小时候也读过尺牍，那就是，学习怎么写信。随后，又练习英文信格式，记得要把收信人以及发信人的地址通通写在信之前，已占去大半页纸。

　　成年后全没用过，信，只要有内容即可，最好附上照片数帧，以慰寂寥。

　　可是据专家说，即使是私人信件，也讲规矩，譬如说，信壳不可用胶纸封贴，信纸有一定尺寸，第一张可有花纹，接着用白纸云云。

我等随便抓一张半张用剩的稿纸，取过铅笔或走珠笔，也就洋洋洒洒大写起来，意犹未尽，翻至另一面，继续写下去，一点规矩也没有。

小友来信，厚厚一沓，注明日期，像日记一样，结果太重，要补贴邮票。

只要收得到信就好，不必计较包装了，写信是相当吃力的一件事，代表盛情，彼时母亲一直在信箱前等大哥与二哥的信，我与弟印象深刻，故必定每周一信，胡乱写些什么都好，通通报喜不报忧，贴上最漂亮的邮票寄出。

演变到今日，传真费用就快比邮资便宜了，信件更加可贵。

功课忙

兄于五七年由东北抵港，他对英语的认识为："是否ABCD？"

当时二十二岁的他进入易通英专苦修，花了九个月的时间，在五八年参加英文中学会考，成绩：六科良。

不用说，从此以后，不了解会考不及格的学生，同时也不明白为什么一些人年纪轻轻，吃喝嫖赌似无一不精，而偏偏不肯学好进修，以便通过这个普遍性教育，汲取更多知识。

当然，九个月对于兄来说，犹如卧薪尝胆，夜夜温习至夜深，以薄荷膏擦眼皮上提神再读，好比苏秦。幸亏数理化底子极好，一旦掌握英文问答诀窍，立刻贯通融会。

谁见过天才？这叫作意志力及毅力。

一家子

卫君在一篇序文中说：他在小时候，替哭闹的我上街买方糕吃。并不记得有这样的事。经他提起，坐在那里苦苦思索，不禁会心微笑。

逢有侄女儿特别爱闹脾气、哭叫、不听话，兄嫂爱置评曰：像姑姐。一日不服，反问嫂们：你们如何知道？

所以，丑事传千里。一切都被盖过，先知在本家并不吃香。

然而没有兄弟姐妹更寂寞吧，血浓于水，没有手足的人永远不会明白打死不离亲兄弟这种话。自幼闹得鬼哭神号，要团结起来，仍是一家子。

现在这一辈很少有人具资格站出来说：我有四个哥哥一个弟弟。这是与生俱来的不动产。

体 贴

　　在茶楼，邻座一年轻男子一直絮絮安慰他母亲，声音不高，但清晰入耳。

　　"……你以为是在香港吗，现在住的地方大，东西随便一搁，随时忘记，不要说你年纪大，连我都这样，贵重之物，至好放保险箱里，其余的放当眼之处，随时应用……"

　　无限体贴，又不嫌其烦，真是好儿子，他母亲渐渐平和，嗯嗯连声。

片刻亲友抵座，他又介绍："普洱是发酵过的老茶，香片是新绿茶……"

我们家老二也是这样的人，善解人意，大方疏爽，故母亲至喜欢他，爱与他聊天，看到他就高兴，余子就没这项天赋。

老大、老三，还有弟弟，口才认真马虎，脾气也比较僵。

我最差，毫无谈话艺术，不是闷声不响，就是专门抬杠，《圣经》上说，动听的话，好比金苹果装在银网络内，可见多么难能可贵。

那年轻男子一直主持大局，结账人恐怕也是他，每个家庭都需要一个这样的长子或长女，大人生养死葬，都由之承担，弟妹但听吩咐即可。

儿子

一位五岁的小朋友同母亲好得不得了，年轻的妈妈陶醉到极点："他说他长大了不结婚，陪着妈妈，不知是不是真的。"

听了噗一声喷茶。他们都那样说啦，相信我，家母有五个儿子，我有五个兄弟，像老匡，幼时同妈妈说："我长大了不要做大人物，我在家陪你摘黄豆芽根。"不多久便去了参军打仗，之后便成为他人的乘龙快婿。

越是乖儿子，越是变得快，因笑着同那位妈妈说：

"宁波人有老话一句，叫儿子好比眼眉毛，勿生没相貌，生了没味道。"并恐吓曰："不如挑一个熟人的女儿，有嫁妆好，免得令郎所有收入都被榨干，还有，你会骇笑，原来这样时髦的今日，年轻女子还认为男性应当送楼送车。"

趁着目前，儿子小小，彼此纠缠厮混，好好享受，长大以后，看开点，那完全是另外一回事，许多太太都抱怨儿子全是人家好女婿，可惜女婿仍是人家的好儿子。

至于女儿，呀，那是不一样的，女儿终身是女儿。

代沟

友人追说:"瞧!瞧!你二哥在台北报上都有稿子呢!"

争着瞧去,原来是他描写幼时打弹子趣事,不禁看得津津有味。

老母在一旁气极抗议:"哪儿有这种事!他哪里打弹子?他是一等一的好孩子!只躺在床上看书的,他……"

不禁大笑,孩子们做的事,嘿,这年头,这年头父母们怎么会晓得?

二哥打弹子时,母亲正搓麻将呢。

然而这些陈年旧事，却令母亲觉得她责任尽得还不够，很不高兴。

其实从古到今，父母怎会懂得孩子的心？

可是病就是病在父母，却还要去研究孩子，唉。

哪吒在外边杀了三太子，李靖也不晓得啊！多少年前的事了？

仲夏夜梦

夏梦是我家的偶像公主。

三个兄弟与我一说起夏梦，顿时"哗"一声没了下文，不知道如何来表达倾慕之情。

二哥说他当年在上海看《新寡》，看完一场散场到街上站半晌，心想，怎么会有这样好看的女人！

不服气，再重新看一次。

昨日在电视重观《三看御妹》，见夏梦宜喜宜嗔，娇嗔兼秀丽之姿，又为之颠倒。

一个演员能令观众仰慕这么些年，真不简单，且又是最挑剔、眼睛雪亮的观众。

记忆中最喜欢夏梦反串《王老虎抢亲》中的周文宾。她无论时装古装，俱美得咚的一声。

近十年来，后起之秀，可与之相提并论的，亦只林青霞一人。

大 神 秘

哥哥住在铜锣湾某大厦二楼。

去英国之前，在他家打扰了一个月。

天天早上八点开始，楼下开始敲打，地板震动，噪声烦扰，不知在建造什么，神秘万分。

因此去英以后，不停写信问一番："到底盖什么？茶楼？超级市场？"阿嫂说不知道，但是准八点还是开始敲打。

直至拿到文凭回来，三年以后，楼下神秘所在还没有盖好。

又去台湾一年，阿嫂说："还在继续敲。"

到一九七七年底，名店街正式开放，进去一看：呵，原来是盖那座人造瀑布与喷泉！原来是这玩意儿！

有谁知道，原来花了四年光阴？

原来比海底隧道还花时间？

显微镜

家里有兄弟的人一定见过他们玩显微镜。

小小玻璃切片、蚂蚁、植物茎叶……都用来细细观察一千遍。

最后与他们看显微镜是七十年代在老匡家，着迷，关在书房里不愿出来，二嫂在外头说："编辑追稿。""追谁的稿？""二人都追。""不在家。"继续在镜眼下看放大了的、印在白报纸上的铅字。

那样好的岁月居然也过去了，唉。

之后已仿佛把显微镜这件事丢到脑后。

直至一日，走过一间名叫自然与科学的小店，孩子指着说："显微镜。"

哎哟，可不正是久违了的小小显微镜，立刻走进店里参观，大包小包连配件捧回家，消磨一个下午。

池塘里的水点、昆虫、头发，全部成为研究对象，重温旧梦，不知多高兴。

靖弟幼时还为潜水艇的潜望镜着迷，照着《儿童乐园》的图样仿制多具。

下次，买单筒望远镜看对海，还有，天文望远镜观星象。有时间做无聊事真好。

不公平

倪匡倪太移民旧金山。

几乎半世界同文[1]打赌老匡不日会得打回头，继续在香港吃喝玩乐。

老匡会不会在三个月内回港，不在讨论范围。

为什么没有人怀疑倪太李女士可能不习惯旧金山而会毅然回港与家人团聚？

社会重男轻女若此，令人发指。

————————————

[1] 即同人。

倪太容貌端庄，性情温文，言语大方，颇谙投资之道，英粤普通话不比任何人差，正当盛年，最擅长耐心地应付各项繁文缛节，生活与经济均可独立。

许多家庭得以在外国顺利安居，皆因有一位肯挨肯忍的主妇。

小姐太太们亦可深觉不惯而打回头同亲友们再度搓麻将吃大闸蟹逛置地炒股票外汇以及赌几手外围马。

干吗要在外埠一脚踢洗衣煮饭打扫兼任司机。

夫妻档移民，夫与妻同样需要一段适应过渡期，真正的朋友，应同时关心两人的需要。

——找到合适的美容院没有，附近有好吃的小馆子吗，黑人多不多，家务吃重可找到替工……移民后，女方面对的问题，往往多过男方。

不 平 等

老匡在旧金山一边做汤一边写稿，传为美谈，备受行家颂赞，什么返璞归真啦，看破红尘啦，有大智慧啦……有口皆碑，顿成佳话。

当然是名气大的缘故，可是，相信同他平素爱请客吃饭，广结死党亦有关系。

而且，社会仍然重男轻女。

女性写作人一边煮饭一边写稿，是会受人讥笑的。

因同他说："奇怪，同样的事，我做了十多年，只闻讽刺声，什么她像那种下了班还需要去买菜带回家煮的女人，你才做了三个月，几乎就大地震动，天女散花。"不生气是假的。

他是浪子回头？女性不安于室也甚多，要是愿意，自问也还可以每夜接帖子换上粉红色露胸晚装继续在公众场所风骚十年八载，别人说什么，管他呢。

奇是奇在一样是生活上的私人选择，由老匡做来，分外讨好，魅力十足，真系各有前因莫羡人。

故问："你做汤，什么汤？"欲与他在厨艺上试比高。写作，矮一截已系事实，无所谓，烹饪，未必一定输给他。

欣赏

看到杂志上刊出之老匡家居图片，十分欣赏。

那的确是间十分登样的住宅，不过建筑是否豪华，地段是否名贵，实在并不重要，叫人安慰宽心的却不是屋子本身，而是室内那数十棵青葱可爱的盆栽。

株株欣欣向荣，生机盎然，婀娜多姿，试想想，屋主人如果不是生活如意，神清气朗，有十足余闲、心情，怎么会把植物调弄得如此出色。

每一盆都放在适当的地方，点缀室内每一角落，成为最佳装饰。他天生有绿拇指，去到何处都可发挥所长。

心向往之，愿意效颦，可是自知种石卵都会种死，故颓然放弃。植物的荣枯绝对受主人关怀影响，一家人出外旅行，尽管托人照顾淋水，可是返来盆栽必定憔悴三分。

一室皆绿，实费心思，且需持之以恒，许多家庭的盆栽都半死不活，未能出色。

忽然想起老匡在港家居天台上的仙人掌花园，他新居亦有天台，未知可有养金鱼，他那些鱼，会得游近啜他手指，直如宠物一般，奇哉。

丢掉

同老匡说:"府上盆栽如此青葱可爱,愿请教秘诀。"

谁知他答:"秘诀是死的丢掉,再买新的。"

顿时愣在那里。

原先以为会得到灌溉、施肥、剪枝等数据,没想到秘方至简单不过,人人做得到。

原来枯萎的盆栽同濒死之感情一样,根本无解救,最妥善最好的方法是丢掉旧的,迎接新的。

真如醍醐灌顶,闻君一席话,胜读十年书。

对任何失败的人与事，我们第一个想到的，便是尽力挽救，继而浪费无数时间精力，越来越动气，以致理智完全遭到淹没。

华人自小受的教育叫我们多质疑检讨自身，谦逊是美德，因此自卑地努力了一次又一次，不比洋人，一两个回合便说：这不适合我，掉头便走。

那样辛苦，成功也无甚意思，世上一切好事均应水到渠成，顺理成章。

那么多植物中，总有三两种可以适应舍下气候环境，必有所获。

活学活用，立刻上街去买新的。

奇 人

小女问："几岁才可以独自旅行？"

答："那看各人环境，早数十年，盛行寄宿，十一二岁就送出外国，又有苦学生如你小舅，十七岁单程飞机票往英国，自此不再回家居住，衣食住行都靠自己，他时时哼西门与加芬高的歌《拳手》：当我离开家与亲人，我只比孩子略大……"

"小舅是奇人。"

"又还轮不到他，你卫舅离家到上海中学寄宿，才十一岁，过了几年，忽然要参军打仗，因扁平足，军队不批他入伍，不知怎的，他跑到内蒙古管农场，又不知发生什么，南下香港，成为名作家。"

"内蒙古！一定是在那里，遇见天外来客，对他说：去，去传扬我们的信息！"

现在，少年都不大愿意离开家庭，大人也尽量挽留，卑诗大学 [1] 并不是加国最著名学府，可是每年名额挤爆，皆因温哥华多华裔，家长希望子女留在本省。

一般经验是：少年在何地读书，心就留在该处，再也不愿回家，看不到他们，挂心。

至于少女独自旅行，更加危险，极少批准，不用想了。

---

[1] 即 University of British Columbia，英属哥伦比亚大学。

卫斯理树

科学馆内有一棵非常大非常大的香柏树标本，约四人合抱，树中心已经挖空，供儿童攀登。

我们叫它卫斯理树，因为在卫斯理小说中，有一棵这样大的树王，可以与人类通话，把它一千年来的见闻，告诉人类。

"卫斯理是什么人？""一个冒险家。""是你的朋友？""呃，他其实是你二舅舅。""他住何处？""他家在旧金山。""很远吗？""约三小时飞机。""让我们去见卫斯理。""可以。""他拥有这棵树？""不，树属于科学馆，只不过我们叫它卫斯理树。""二舅舅是探险家？""不，他是作家。""作家？"……永远说不清。

每次去科学馆，都是树内挤满幼儿，乐在其中，爬上爬落，吊来吊去。

玩罢体力游戏，又可增长知识，研究树木年轮，每一细圈，得生长整整一年。

一棵树竟可带来这样大的乐趣，一边还有各式树皮标本，叶子、果实、花朵，接着是昆虫与动物标本，敢说喜欢到科学馆的儿童都比较天真。

iPhone

多功能的新电子产品这样做广告:"请按钮,这是电邮、这是照片簿、这是互联网、这是电话……"

当然它还能听音乐与拍摄,还有,与全世界通信。

弟超过百次询问:"你家的电话号码是——"

家中有三个号码,均不属于我,完全不觉有拥有手提电话的必要。

卫兄说得真:"要做自己喜欢的事不一定做得到,但拒做不爱做的事,比较容易。"想象中只有恋爱中少男少女才有那么多话讲，要不，就是地产经纪。

年入三亿美元的美清谈节目主持人云飞利说："我真的没有手提电话。"

昨日外出午膳，邻桌是一对年轻男女，男的先絮絮说电话，稍后女的手提也响起，两人各管各讲个不已，互当对方透明，真是情隔万重山。

女友往时装店，售货员面前电话响起，她伸手按住听筒，这样说："我真身站在店里，你理应先应酬我。"她讲得对。

iPhone 是否有趣？好玩至极，超值，对该发明小组五体投地。

厌世者

老匡堪称最快乐的厌世者。

每隔一段时间，他会为文证明他十分厌世，并且，对生命观点充满悲怆，好朋友像古龙与高阳都离他而去了，他更感到寂寥。

又自十多年前，就老听他说：最最理想的事，乃系即晚寿终正寝，第二天不用再起床云云。

可是他还是起来了，嬉笑怒骂，游戏人间，大吃大喝，不知多快活，不知羡杀几许旁人。

这样矛盾的双重性格可以并存吗？大概可行吧，已经相安无事数十年了，故名之曰最快乐的厌世人。

因为真正厌世，深恨人生无常，故此更加要行乐及时，两种情绪循环不息，交替演出。

另外一种，叫厌世的快乐人，似乎更惨，生活十分正常，表面上并无任何不愉快因素，归根究底，亦无伤心事，但是长年累月，情绪低落，提不起劲来玩耍，看到旁人天真活泼，只觉担心。

又特别喜欢发掘欢笑后的眼泪：这件事恐怕没有那样简单吧，他必须当心提防这个那个——永远悲观，看淡世情。这是谁？

黑色笑话

　　某一年，倪匡有烦恼，想跳楼，文人的冲动感情，可见一斑。

　　洪金宝告诉他一个故事。

　　当年洪做武师，导演要求他自一艘货船甲板跳下海，一个镜头直落。洪氏跑去现场视察，认为难度虽高，但可以做到，甲板离海面十米左右，于是一口答应导演。

　　待正式拍那日，他一上去，哗一声，呆住，原来船卸了货，轻了，往上浮，此刻甲板离海面足有二十米，但一言既出，什么马难追，只得硬着头皮跳。

他的忠告是："倪匡，不要跳楼，好久都没到地，真恐怖。"

老匡的结论更令人骇笑："自二十五楼往下跳，落到十七楼后悔了，那可怎么办？"当然不可以跳。

真是黑色笑话。

听的人有什么感想？当然是深觉做人难，微时为着生活，非跳楼不可，可是名成利就之后，一样烦得想跳楼。

勇敢的人当然知道什么时候跳，什么时候不跳，所以大明星是大明星，大作家是大作家。

厌倦中年

自二十世纪中叶开始，人类平均寿数渐长，到了今日，统计说，如无意外，可活至八十岁。

自三十五岁开始，我已开始梳髻，自视中年人，照旧时规矩，像家母那辈，过几年，名正言顺，可升为老年。

为什么不是：家母五十岁那年，倪匡已经买下公寓房子给她住，她有病，由倪震陪伴出入诊所，长孙稍后忙事业，转由书航侍候，子子孙孙每日唯唯诺诺听她发牢骚，不敢有误。

记忆中老年并非坏事。可是，一代不如一代，我辈能随意认老吗，非得一路扮演壮年，在中年平原上一直走到抽筋。

于是五六甚至近七字头仍充中年，别人怎么想不得而知，我个人真的累得发昏。

头一个举手，老就老吧：写稿、教功课、阅书报、睡懒觉，退役了。

对友人说：从此之后，与我对话，要加"您老人家"四字，有酒食，我先馔，有事，后生服其劳。

正想得美美的，忽然听见女儿大叫："Earth to mom，Earth to mom，快帮我找笔记。"

想做老人也讲福气。

贰

卫
斯
理

+

言若有憾，心实喜之，与有荣焉。

比聪明

这当然只是趣事。

若干年前，侄女儿忽然问："阿爸阿爸，姑姐聪明还是我聪明？"老匡想一想答："你有你姑姐百分之一聪明，姑姐有阿爸百分之一聪明。"

后来，有记者访问他，开口便说："倪匡先生，你那么聪明——"

他立刻反对："不，我不聪明，金庸才聪明。"

真是，再聪明，也得写一辈子，笔不停，当然没有老板聪明。

少年时老觉得越肯做、做得快、做得好，最聪明，渐渐想法改变，你看那野地里的百合花，他不种也不收，可是所罗门王最繁华的时候，装修还不如他呢。

尽量少劳碌，生活上又不至于难为自己，才最最聪明，先天聪明不足，后天也可将勤补拙。

今夜月明星稀，忽然想起往事，觉得最聪明的反而是穗佺，与世无争，生活逍遥，一直做父母的瑰宝，她姑姐？则甚有自知之明，一听聪明二字，马上跳起来耍手摇头，坚决否认，表明立场，生活大是易过。

真心羡慕

有没有真正地羡慕过一个人？打开天窗说亮话，有。

张敏仪？林青霞？非也非也。

这位女士，自幼得宠，父母对她既敬且畏，故此有个至尊无上的绰号，叫作毛泽东。

伊天生是个欢喜团，成日笑嘻嘻，老父有时忍不住出声责备，她一边挨骂也一边只是笑，丝毫不多心。

家境一般，并非大富，但是父母舍得，物质生活一点不缺，难得的是，她也从不做非分之想，未曾要求大人为她摘下天上月亮，故此皆大欢喜。

中学毕业之后即往外国生活，转瞬十年，大学出来，不久结婚，她所爱，父母全盘接受，娘家留有空房一间，布置一如少女时期，定时打扫，欢迎度假时居留。

她的选择，父母永远附和支持，在大人心目中，她永远是小小毛毛头，她处世愉快平和，也绝不让父母失望。

她出不出名？绝不，她有没有钱？绝不，但，名与利，以及权势，同一个人快乐与否，有什么关系呢？父母为她挡却烦恼，她也绝对不去自寻烦恼，是以快乐。

相识遍天下，上至达官贵人，下至贩夫走卒，想来想去，最最开心快活的人，便数她了。

童 年

某文说，倪震事业成功，应对童年不愉快记忆淡忘云云。

震侄的事业不去说它，他的童年，在我的目光看出去，怎么好算不愉快！

绝顶聪明的孩子多数绝顶顽皮，多吃几顿板子，理所当然，凡事必须付出代价，并不算是阴影。

自幼读华仁书院，私家车出入，独立卧室，零用钱花之不尽，家务助理几乎没叫他 B 少，谁为他补习升中试？

请来大名鼎鼎的西西。

父亲收入甚丰，母亲长驻家中，均有求必应，大学往美国佛罗里达这种度假胜地，整个北美洲跑匀，读书观光，不亦乐乎。

小时做手术，住的是法国医院，祖母外婆莫不紧张得要命，均我亲眼所见，这样的童年及少年期实在是一流等级。他那些漂亮女朋友的童年才真的不怎么样呢，以至有"他叫我升学，可是我们家庭背景不一样，他不了解，我要赚钱"等语。

到了前两年，他母亲还到出版社为他处理堆积如山的读者信，不孝顺，行吗。

外人总以专家自居加油加醋，震佺是典型香港幸福新生代，与我们走荆棘路的长辈比，堪称风调雨顺。

应酬费

震侄数年前自美返港，到寒舍小坐，说："姑姐，有什么好地方，我们一起去。"

立刻瞠目结舌，愧不能言："我每日八点半就休息，并无节目。"这绝对是真的，他现在知道了，没有出来吃晚饭不知道多少年，常戏言省下的交际费足可买几辆欧洲跑车。

喜欢高朋满座，谈笑风生，当然不觉应酬费用高昂，花再多也值得，人生几何，理应肆意去做，自问说话不够玲珑，人才又不出众，又讨厌抛头露面者，不宜效颦。

交际只是一种娱乐，同相识遍天下一样，纯属消遣，不知几许阿哥阿姐，自诩全港皆友，一旦落难，还不是斯人独憔悴，自生自灭。

旧时令他每月支十多二十万应酬费的知己良朋，全部嘻嘻哈哈找别的红人耍乐去矣，这种例子见得多，不必严重到说心寒，也知道该怎么做。

从此对应酬不感兴趣，学一位德高望重的老总："谢绝应酬，十分简单，我从来不请人吃饭，人家请我吃饭，我不出席。"

无谓吃喝，浪费人生。

则中难

老大自鞍山来，指着妹说："太瘦了。"

老二笑："你有所不知，她们最怕胖。"

老大又说："也不用那么瘦。"

老二再加批注："唉，可是体重很难控制得恰恰好。"

真的，什么事都难以控制得恰到好处——多一分嫌多，少一分嫌少。这个时候，就看个人选择了：情愿胖一点还是瘦一点？宁可被人视作孤僻，抑或夸啦啦哗众取宠？

中庸之道是件大学问。

恰恰好谈何容易，于是人人都免不了侧向一旁，归入某类。

不是过度热情，就是十分冷淡，有人相识遍天下，有人一个知己也没有，并非故意如此，乃是情况有时难以控制。

出外应酬，又何尝可以做得到不与谁打招呼，俗云不看僧面要看佛面，主人家来头大，无奈只得与不相干人和颜悦色坐至席终。

又怎么可以限时限刻十二点整回家，与其扫兴，不如不列席，因而备受误会。

因不想太胖，因此成为太瘦，为着避免是非，故绝迹交际场所……

作风各异

兄长阔绰,而我吝啬。

看到对方的作风,大家都吓一跳,继而骇笑,半晌合不拢嘴,都称不可思议。

伊乘飞机必然头等,吃饭争先付账,挥金如土,不拘小节。跑到哪里都受欢迎,完全有资格做第一百零九条好汉。

不多久就成为传奇,住在新加坡的小侄儿一日指着橱窗里的金表问:"二伯伯能不能买这个?"在孩子心目中,伊作风好比油王。

但老喊穷的也是他。

最节俭的是弟弟，生活朴素，无出其右。从他那里，学会把鞋子打掌，打了前掌打后掌，然后整个鞋底换过，乐在其中，妙不可言。

大抵同收入有关吧，进账达到大作家水平的时候，作风自然与大作家看齐。

从来未试过拥有一百双鞋，衣柜永远有空当，多次被小蔡指着骂："一百年也不请一次客。"又还是地铁信徒。

要求低，才方便进行少工作多嬉戏原则，真是苦肉计，不知行不行得通？

家庭教育

家庭教育是一种气氛。

什么样的气氛培育什么样的孩子，信焉，整家人闲闲散散讲究享受每日下午麻将四圈说说是非又是一天，孩子们耳濡目染，觉得人生活该如此何必搏杀，反正天生天养乐在其中，久而久之，恐怕不想辛辛苦苦出人头地。

倪震说到新加坡小叔家去小住看见一个博士已经升为教授，晚晚埋头苦干至深夜十二时，真吓坏人，觉得懒惰是一种罪过。

大作家摆出来活生生的例子：若要做得好且又做得长久更红足三十年，大概是要稿质与稿德并重，亲眼看见他写写写写个不停，写完之后才出去寻欢作乐，妻儿一直丰衣足食，真正佩服。

于是拼命效颦夙夜匪懈视工作为第一位，以免家庭聚会时面红耳赤。

比家庭教育更坑人的是朋友影响。有几位友人不折不扣是恐怖工作狂，做做做做做，做得浑身发烫，大呼过瘾，直至倒下来嘴里尚叫值得值得，在他们跟前，当然亦不好意思疏懒。

绝对不是那种过分保重太过会得养生的人，从没想过做完一件事要休他一年半载。

投稿

再大的大作家，开头的时候，也是个无名小卒，也投过稿，套句陈腔滥调，也经过苦苦挣扎。

很清楚记得，他刚刚开始写作的时候，不让家人知道，原稿藏在垫抽屉的报纸底下，写毕寄到一个叫工商的报馆去，一篇万字小说，收取的稿费只得数十元，在风气朴素的五十年代，已经算是生活津贴。

想写、肯写、写得出，不计较得失，渐渐得到更多的机会，接到俗称四毛子小说的本子来做，薄利多写，两天写一个，日做两万言。

做得好、交得准，就赢得文名，酬劳自然提高。跟着，他做各式各样的尝试，看看走哪一条线路最合适：武侠、言情、侦探、猎奇，无所不写。

终于创作了一连串的科幻故事，二十年前，本市读者对这一类形式的小说完全陌生，故意迎合读者口味？开玩笑耳，该系列小说直到最近才火起来。

当然，此刻这一切，都已成为历史。迄今已不晓得写了多少字，出过多少书，一块钱一个字都买不到他的原稿。

时间过得真正快，大作家开始投稿那一年才二十二岁，第一篇插图小说登出来，家人争着抢阅……他自己说：少年子弟江湖老。

前　辈

小老蔡在他报写已故前辈十三妹的故事。

某年在报上读到十三妹孤独在公寓过身的消息，非常沮丧，对友人说："瞧，这就是我们的下场。"

并没有见过这位前辈，她也不爱见人。

听过她的趣事：当年十三妹与倪匡打笔仗，十三妹找了张彻来助阵，张彻为了了解前因后果，把两位文章找来细读。

毛病就出在这里，一读之下，张氏发觉倒是倪君有理，执笔之际，突然倒戈，反而帮起倪匡来。据说张彻与倪匡就是这样认识的。

十多岁时在《新生晚报》撰稿，与该位前辈同一版副刊写专栏，曾获赞赏，可见小时了了，大未必佳，而少年子弟，已在江湖老。

那时上报馆小坐，一直听到副刊编辑方龙骧用上海话追十三妹稿，印象深刻。从未想过有一日要做职业写作人，从前的稿酬十分低，出版社也非常少，社会消费力不能同今日比。

读前辈文章，得益良多，现时出版业发达，颇有作者一月一书，可惜那时香港许多好文章都没有出单行本流传下来。

文坛

我开始写稿的时候，徐吁与徐速都还在，也见过两位，说过话，都十分可亲。印象中徐速比较暖，徐吁比较冷，倪匡唯一的爱情小说《呼伦池的微波》，就是由徐速的高原出版社出版。

我不大出去，认识的人不多，倪匡才是写香港这半个世纪以来报纸副刊诸事的最佳人选，他喜欢热闹，交友广阔，一支笔又活络，写起来一定好看。

小思老师在文中不住怀念旧日香港文人，可访问倪匡，他曾与十三妹打笔仗，与金庸打沙蟹，相识遍天下，通通亲身经历。

也许，不是众编者未曾想到这么一个专栏，而是，读者会不会爱看？只有少许副刊读者才会记得从前的笔名吧，他们著作，也早已绝版。

这从来不是一个重文的社会，富户五十年前如何发迹，人人有兴趣知道，文人五十年前著作，湮没算数，该淘汰者无谓费心挽留。

不过，只要喜欢写，稿酬又能维持合理生活，目的也已经达到。

留名与否，有什么重要。

文艺青年

同文在图书馆看到少年用计算机寻找藏书，他打一个鲁字，同文心头一震，不会是鲁迅吧，果然是鲁迅。

他又打一个朱字，猜想可能是朱自清，果然是朱自清。

同文为这个爱读书的少年感动得几乎落泪。

真有同感。

不要说是年轻人，甚至在我们那代，愿意读鲁与朱的，又有几人。

若不是老匡五十年代来港，自旧书摊携回一本《野草》，可能也不会接触到鲁迅，之前此君在大陆苏北劳改营服务，曾寄《绣像红楼梦》给母亲，他密密麻麻用毛笔蝇头小楷批注……后来，是万恶的资本主义坑了这个纯洁的文艺青年，哈哈哈哈哈。

喜不喜五四文字，倒无所谓，可是不看，又怎知底细，一直相信开卷有益。

这同爱好打球、游泳、跳舞是不同的，再懒，至少也应回学堂去受监管多读几年，无论啥子科目均可。

世上不幸真有气质这回事，中外正常社会都看重读书人，即使在欧美，哪个学生考到全省第一，大名一定见报。

卫斯理

"卫斯理"简直不像一个具气候的笔名，可是你别管，有麝自然香，一朵玫瑰，无论你叫它什么，还是一朵玫瑰，这个名字下产生的科幻小说，叫我废寝忘餐。

日常生活是这么沉闷，你总不能告诉我，叫我把精神寄托在工作上吧，我又只有一样嗜好，我喜欢阅读，于是下班回到家，喝杯矿泉水，开了台灯，愉快而紧张地握着卫的小说，看至眼倦。

第二天上班，又带着它搭渡轮：形影不离。

毫不讳言，我是我兄弟的忠实书迷。

面 对 自 己

卫斯理故事：有一间房间，进去过的人，不多久都自杀了，故此，主人把房间密封，窗户用砖砌密，卫斯理好奇心炽，硬是要进去探险。

他看到什么，以致吓得顶梁骨走了真魂？他看到了自身，他自己可怕？不错，他看到一个惊慌失措的自己，正在哀哀痛哭。

原来，那才是真正的卫斯理。

原来，人们不敢面对的，往往是真实的自己。

原来，在巍峨的门面，晶光灿烂的盔甲底下，人人都有弱小的心灵，受了伤，躲在不知名的黑暗角落，痛哭失声。

为这个故事嗟叹又嗟叹，东施效颦，于是拙作的女主角也开始看到自己，少年的她、中年的她，每次看到都吓个半死，因太过不堪。

跟着，看到过去的生活照片，也十分迷茫，什么，这是我吗？什么时候的事，在什么地方？

我们在自己眼中，往往太过美丽太过可爱，亲友虽有异见，也犯不着得罪我们，指出真相，是以长远有幻觉存在，直至发生一件事，叫我们看清真相，不吓坏才怪。

心 变

卫斯理有一本小说，叫《心变》。

心变，不同变心，一般人说的变心，指一个人情变，抛弃从前的爱侣，诚小事耳。

心变严重得多，心变指一个人的价值观念转变，本来朴素、诚实、心平气和的年轻人，受环境遭遇影响，渐渐变得多疑、小气、锱铢必较，难以相处。

于是人们说，他变了。

在艰苦寂寞的成长过程中，我们的心都变了又变，以前叫我们落泪的事，此刻可能为我们讪笑，青年时重视的事与人，现在认为不值一哂。

铁石心肠渐渐练成，学会密不通风地保护自己，对许多事物不闻不问，只顾住个人的利益得失……一颗心麻木疲倦不堪。

————

时常有人惋惜地说："他变了，变得朋友不认得他了。"但是他的大前提是生存，不是友人的赞美，待目的达到，他自然会有余暇去结交新的一批朋友。

较复杂的例子是先心变，再变心。

对这样的人，只好说声再见珍重，希望他做得完全正确，希望他得到他所要的一切。

再也不能在一起。

大树

　　到公园去，看到约四人合抱大树，"这是卫斯理那棵树吗？"在卫斯理故事中，有一棵千年古树，可以与人类沟通。

　　"不，那棵还要大。"据形容，有十人合抱，并且直矗云霄，如一把大伞，几乎遮住半边天，是历史的见证。

　　卫斯理故事一向具环保意识，尤其珍惜植物。有角色某，看到花瓶中插着剪花，会尖叫起来，对他来说，剪花是罪孽，花应长在泥土中，这是作者心声吧。

在另一故事中，主角是植物人，那意思，他以植物形态生长，和平、智能、静态，他呼出氧气，吸入碳气，同我们这班争权夺利的食肉兽完全不同。

真喜欢大树，抱着树身，学卫斯理那样，伏在树皮上，希望听树液流动，那是一种语言吗，如果听得懂，当可得到过去千年大事一手数据。

树木在世界上比人类更早存在一亿年，整个大气层因树木生态形成，对林木不能掉以轻心。

坐在绿荫深处，人变得一点点大，自我一直缩小缩小，几乎可有可无，噫，严重影响写作心情——太过平和，找不到题材了。

去波拉波拉

冬日，大雪，小女穿厚重大衣与雨靴上学，背着书包及手提电脑，左手拎小提琴，右手拿劳作，当天有两个测验。

这是干什么呢，行李比大人来回香港还多。

放学时雪稍晴，只见她已换上运动衣，双腿满是泥巴，气喘如牛，原来体育老师不理寒暑，着学生满山跑，锻炼体格。

顿时生气，这样对老伴说："我们搬到波拉波拉去，在沙滩绳网上过一生，反正已经识字，足够看书读报。"

稍后靖弟听说此事，笑说："在北美读书还有怨言？东南亚学子苦上十倍。"

记得卫斯理也曾为人类教育制度纳罕，生命短暂，为何把一生中最好的悠长岁月，用来苦苦背诵功课，于是他写了《头发》一书，故事中我们的始祖无须寒窗十载，长发是连接脑部的输送器，接上知识泉源，刹那间可学会全世界学问。

应该是这样吧，后来人类被贬凡间，才得三岁上学，十八年后才取得大学专业文凭，可怕。

全体友人想到考试还会打冷战，前日才做了老牌考试梦：卷子发下来，问题竟用德文书写，真是噩梦。

那一男一女

卫兄说:"爱情小说不好写,试想想,来来去去是一男一女,或是两女一男,或是两男一女,而只得三个结局:结婚、分手、同归于尽。"

十分确实,听者笑得肚痛。

所有故事,均按照人、地、时三个元素来写,人是主角,地是社会,时是潮流。

即使同样是那一男一女,在香港等如此急速变迁的都会,每隔三五年,思想、心态、选择、遭遇也必定完全不同，伊们的故事及结局方向，也如同南辕北辙。

所以可以一直写不停呀。

这数十年来，女性的担子与地位同进，正如著名妇解分子歌莉亚·史丹涵所说："我们已渐渐变成我们想嫁的那个人。"真不知是悲是喜。

多么想把那过程详细写出。

又有母亲劝女儿："做得那样辛苦干什么？快找有钱人结婚。"女儿笑答："妈妈，我就是有钱人。"你说，这是成功还是失败？也非得记录不可。

那一男一女，走出恋爱牙塔，与社会接触，题材更广。

理 想 婚 姻

卫斯理故事中最令人向往的，是男主角与妻子白素之间的婚姻处境。

他们没有孩子，并不时时在一起住，性格上有很大的差距，嗜好也不相同。但他们是好朋友，互相了解体谅，两人经济完全独立，做不一样的工作，双方的朋友也不是一条路上的。

不过有患难的时候，白素往往赶了来搭救卫君，一个眼色便胜过千言万语，立即化险为夷。

一种很文明的关系，理智的结合，卫斯理绝不在感情上冒险，浪子高达是高达，他是他，他把猎奇的精神用在其他方面，在近四十集的故事里，卫君是一女之男。

卫斯理文集受大量女性读者欢迎，这也许是重要因素。

记得卫君一出现就已经有未婚妻，女方不但漂亮大方，聪慧过人，身世也颇为传奇，卫的岳父白老大是旧时帮会要人，白小姐异于常女。

他们是天生的一对，精神与灵性上吻合得无懈可击。

白素永不抱怨，永不解释，亦从来没有问过问题，而且极少极少去抢卫斯理的镜头。

自六十年代至今，也二十多年夫妻了，卫君踏入中年，渐渐噜苏，并且对冒险事业厌倦，白素的地位日益重要，两人的关系，更加成熟。

文 摘

大作家有一套书，都叫什么什么的信，写在云里雾里梦里风里，有些寄出，有些没寄，全部是信，言语间感慨良多，可观性甚甚甚甚强，每篇散文，都给一句点题，另用黑体排出，十分醒目。

随便举一个例子，像"尊重所有在正行工作岗位上的女孩子"与"不可轻视所有在偏门中讨生活的女孩子"，怎么样，发人深省吧，自问是这方面同志，平生结交若干传奇女性，从无偏见，自然举双手赞成。

还有"趋炎附势，本就是人的天性""别考验交情，十分之经不起考验""觉得周围全是坏人，会很痛苦""有是非也当没是非，自然就没是非"……都是劝人处世超脱，对朋友要求不必太高，一定快活得多。

已臻化境的理论有"糊涂比清醒精明快乐得多""本来什么也没有，所以任何损失都不必难过""醉生梦死，大是快活"等等。

点题之后，用浅白易明之体裁解释他为什么有此观点。

别看他这样聪明伶俐，智慧过人，一发表男女关系的观点，许多都使女读者不敢苟同，像"好女人鼓励男人做他想做的事"，什么话！

自愿

这是 N 君写的一则绝妙鬼故事。

进那间鬼屋去的人，必须自愿，猛鬼利用三个小阿飞去引诱想当明星的少女，想发财的生意人……进去之后，再也没有出来。

猜猜最后进鬼门关的是谁，当然是那三个为鬼作伥的不良少年，不进去，如何得奖?

故事绝顶讽刺，记住，一切是自愿的，没有人强逼过任何人。

　　从前，稍有行差踏错，可怪的人与事多得很，像吃人的礼教、不了解我们的父母、失败的教育，甚至腐败的社会、逼人的生活。

　　现代人勇于承担责任，嗳，在彼时彼地，一个人只能那样做，没奈何，一切选择均属自愿，之后无论沦落在什么地方，与人无尤。

　　是另一种悲凉，比起在大雷雨底下跪着控诉敌人更加凄惨。

　　人生路走了大半，什么都是自愿，再大的抉择，再凶险的迷津，都系自投罗网，有时走得出来，有时兜兜转转徒劳无功，都不是别人的错。

　　寂寞无比。

想 象

　　看《紫青双剑录》。整本书想象力无以复加，剑仙成群，日日夜夜便是祭起法宝与邪妖大斗，不理世事。

　　想想现实世界，套进去试一试，何尝不是适用。

　　经过长时间修炼，地位升高，不必再为日常生活担忧，但是树敌众多，不得不提起全副精神来应付他们，所谓护身法宝，便是事业、名誉、家庭，用来抵御寂寞、打击、挫折。

　　元神代表毅力，纵使肉身武功俱毁，跌在泥淖中，但是只要元神不灭，又可以在晦暗之处，地肺某角躲一躲，伺机从头再起。

　　是的，《紫青双剑录》的确是奇书。

奇书

有一本奇书，长辈们通通叫好，它是《蜀山剑侠传》。

试阅过多次，不知怎的，却一直看不下去，丝毫不觉精妙，不禁自疑资质愚鲁，不能领会个中好处。

少年时看旧版本，字体小且密，又无标点符号，亦不大分段，内容怪诞到极点，读不下去，放弃。

后来老匡将之编成《紫青双剑录》，再试阅，仍不觉稀奇，照样半途而弃，连主角叫啥名字也记不住。前辈叫好，会不会是感情因素作祟？

——少年时缺乏娱乐，只得这一套小说，争相阅之，爱不释手，在家躲被窝读，上课时藏膝上偷阅，情愫日生，家长老师越是不准越要看，终于爱上了。

成年后念念不忘这初恋之一，无论怎样，它都是一本好书。

我们也有同样的经历，加菲猫不可能胜不过花生漫画，占士甸 [1] 与卜迪伦 [2] 都是永远的偶像……

无他，皆因这些没有生命的事物陪伴我们度过生命中最可贵的一段岁月。

是好书抑或不是好书已不重要。少年人的爱不会错。因为时光一去不回头。

---

[1] 即James Byron Dean，詹姆斯·迪恩，美国著名电影演员，曾主演电影《伊甸园之东》。

[2] 即Bob Dylan，鲍勃·迪伦，美国摇滚、民谣艺术家，2016年获诺贝尔文学奖。

木兰花故事

周末在家重看《女黑侠木兰花》。

套句号外杂志惯用语，这套书高得 camp 至极：老土万分，却又好笑，紧张得完全不合情理，漏洞百出，但忍不住追了一部又一部。

情节很 PoP，与美国的《超人》及《蝙蝠侠》有的比：木兰花简直就是 Wonder Woman。

不过比《神奇女侠》早出世，这是倪匡十年前的旧作，据说将拍成电视片集。

我本人为一切与现实脱节的事物所吸引，木兰花故事是其中之一。

身体入世，精神出世的人大都如此。曾经一度，书中的云四风是理想伴侣。

叁

抄袭猫

+

尽量少劳碌，生活上又不至于难为自己，

才最最聪明，先天聪明不足，后天也可将勤补拙。

自 信

小时迷女飞侠故事，篇篇看得会背。

适逢兄长自内地抵港，连忙让他共享精彩文字，谁知他淡淡说："这样的故事，我也做得到。"

基于先知在本家永不吃香的道理，当时自然没人肯相信他有这个能力。

后来的十年中，他却写了六十多个女黑侠木兰花的故事。

事实胜于雄辩。

这就是典型的自信与才能相等的例子。

过度自信并非好事。

资质异常平凡，而却又偏偏向往华丽缤纷的事业，必然心有余而力不足，形成了苦雨恋春风现象，徒劳无功。

干艺术及科学均需才华，挺胸凸肚只是门至门推销员的法术。

是，女演员信心十足，但她的演技可还真超过自信多多，真功夫给她带来观众，观众拥戴增加她的自信，千万别以为信者得救。

自信不足倒不是问题，大都会中患此可爱症候者恐怕没有几人。

有野心有才能，才能够做到游刃有余，潇洒自在，在必要的时候，更进一步。

抄袭猫

特别喜欢把老匡书中人物勾了来用。

抄袭真过瘾，人家靠天分、努力、机会，辛辛苦苦耕耘数十年的丰硕成果，被我等无耻之徒不费吹灰之力一把摘来，一口噬下，哗，果子甜美汁液芬芳，通通归为己有。

他为顾及身份，也不敢噜苏，抄袭猫更加肆无忌惮，爱盗用谁就是谁。

卫斯理因为生活正常，被抄的价值不是太大，发挥的余地不多。

原振侠这个角色呱呱叫，英俊、机灵、独身，又特别喜欢失恋，不知如何构思得来，故此把原医生借了一次又一次，爱不释手，不亦乐乎。

老匡实在忍不住，问了："你小说中那个私家侦探小郭，是不是卫斯理的小郭？"

冷冷地厚颜无耻地回答："是，他不幸走错了故事，跑到拙作来了。"

文人无行？

还算好的呢，至少敢在数十万读者跟前承认是兄弟的抄袭猫。

外人抄了，还忙不迭去注册占为己有，口口声声说乃系他早二十年的构思，原著差些没掉转来成为贼骨头。

神探

一直想写侦探故事。

神探小郭，办案之余暇，在夜总会出入，遇见聪明美丽世故的舞女琦琦，他喜欢她，她尊重他，他帮了她的姐妹，邀请她加入侦探社，两人拍档，探尽人间悲欢离合之奥秘……

之后，怎么样呢？

灵感未到，无以为继。

以短篇小说形式发表最好，一万字一篇，男女主角不变，四处找嘉宾客串，像电视上那些推理片集，受欢迎的话，十三集之后可以再来。

一次大作家怀疑地问："你那小郭是否就是卫斯理里边的小郭？"

立刻诡辩曰："是同一人，不过他不小心溜达到拙作来了。"以后凡是有侦探出现，一律姓小名郭。

在日本及台湾，推理小说往往是畅销书首榜，作家们挖空心思塑造主角形象，甚至出到有灵性的玳瑁三色猫协助追查线索。

畅销不是一切，滞销却难以过世，职业作者只得想破脑袋安排剧情。

今夜就开始拼老命。

写什么

　　十六七岁的时候吧，有一日，忽而心血来潮，咚咚咚跑到彼时已经颇有文名的二哥家去，在书房里，同他说："我要写一本书，叫黄河，扬子，珠江。"

　　真的，不骗你，志向这样大：今日想起来，还汗毛凛凛。

　　已经忘记吾兄的反应，大抵想找一把扫帚将此人扫出门口作数。

　　鲁迅说的，我们小时候，通通以为自己会得自由飞翔，长大之后，却往往因为很小的事情，而留在地上。

而且最后发觉，地上也有地上的风景，脚踏实地，好处多得很。

除出那一回，许久没有扬言要写什么写什么，写出来的才可分门别类，看它是什么，写不出来，则什么也不是。

那时候友人的家俨如小型图书馆，告诉他实在喜欢鲁迅的杂文，他立即取出鲁迅的小说，读完之后，更不晓得要写什么。

去年与出版社闲谈，讲到题材上去，这样吧，退休后写一本叫《大君》[1]的书，以佳宁案做背景。

什么时候写？七十岁或八十岁，别笑，很快就到了。

那时，老哥可能会写他的毛主席万岁？

蛮有趣的。

---

[1] 《大君》已于2009年出版。

题 材

可惜不擅写这类题材：一个货柜车司机某一天在路途上的遭遇。

如今，走货柜车简直险象百生，像武侠小说中押生辰纲上路一样，也许不久的将来，保镖这一行会有机会重生。

试想想，现在，司机都自备武器，啹喀刀、电棍，以防不测，这是什么样的营生——

皆因随车货物值钱，惹人觊觎，不如考虑聘用保镖，开销打入成本内，用冲锋车开路，车窗贴上"我武维扬"标签，浩浩荡荡，打通黑白二道。

世上最辛苦的行业是矿工与货柜车司机，据美国统计数字，货柜车司机寿命甚低，皆因工作压力至高。

沉闷也有关系吧，每朝天未亮就得出车到货柜码头，轮候三五小时，在那段时间，不知怎么上卫生间。

写这种故事最好找老匡，新派武侠激情政治人伦包罗万象，描述年轻司机押货回香港一心与三岁儿子共度生辰，他能安然抵家吗？他在口袋里，藏有一把红星牌手枪……

那么多题材，那么少时间！

书台

一张旧书桌用了十三年，台面斑斑驳驳，平均每日伏在它上面写三千字，不算多，加一起，也超过一千万字，桌子本身有纪念价值。搬家的时候，最费踌躇的便是它。

真想毋远勿届地带着伊走，又实在想弃旧迎新，因面积颇大，且不能拆卸，求人收留，亦非易事。

感觉蛮难受。

从来不曾置过考究的书写工具，坚信是歌者，非歌。

自幼耳濡目染，亲睹老匡用半边梳妆台便写出无数畅销书，还有，装修期间更蹭在女儿卧室写，仿佛亦无碍文思发展。

有样学样，一于化繁为简，朴素从事。

到了温市，寻找新书桌，偌大家具部，竟没有一张真正的工作台，实在令人失望。

"你们有没有三乘六或是四乘七的大桌子？"

"地库玩具部的乒乓桌可合用？"几乎想将就，可惜没有抽屉。算了，真的要写，不吐不快，才思涌现，伏在墙脚也就写出来了。

庐山真貌

许多读者都希望一睹写作人真貌。

许多作者欣然接受，时时出来与读者群会面。

有时间精神的话，定期举行茶会，像每季一次，与读者见面，倒是乐事。

外国有奥斯汀读者：聚会时，穿古装，打扮成《傲慢与偏见》里角色，说话借他们的对白，十分有趣。

有些作者满足了读者要求，像倪匡见卫斯理迷，他逗得全场观众咧开嘴，有人还笑得几乎翻倒，真叫人羡慕。

不是每个作者有此能耐，偶然看到报上刊登作家照片，会吓一大跳，什么，这就是他？白发蓬松，皮肤焦黄，牙齿崩烂，衣不称身、脚上鞋头早已踢破……写作人不必锦衣华服，可是，为什么如此褴褛？

有些作者，放下笔就不再是作家身份，做回一个舒服正常的人，逍遥自在，读者一见，肯定失望：什么，他专挑减价货品？他逛超级市场？他为孩子功课烦恼？

是呀，作者也是人，办出版的朋友诉苦："平日极力推崇颜回的作者一开口就与我说钱。"

笑得我们。

还 有

　　出版社老是问："还有没有旧稿？""早没有了。""再找一找。""真的没有了。"

　　他们要的并不是青少年时期的拙作，而是稍后期的小说稿，哪里还有，早已经全部交出。

　　可是生活中总还有意外之喜，忽然之间，一位台湾读者把若干存稿送给出版社，编辑部小心核对，发觉全是漏网之鱼，合在一起约可做两部单行本。

　　当下大家都感动得说不出话来，难得有热心的读者，把剪存稿件送返给原著人。

卫斯理小说的剪稿，全靠一位温乃坚先生，他把剪报钉成一本本小书，随时翻阅，后来，老匡在扉页上鸣谢道："如果太阳系内没有温乃坚，这些书不会得以出版。"

为何原著人手头没有剪稿？因为当初我们写是因为喜欢写而已。

想象中该沓稿件一定是赴英读书时登在杂志上的，无人关注，故流失。

这已是第四次由读者设法交返旧剪稿了，使我感激莫名，何德何能，幸运若此，做喜欢做的事，收取酬劳，又得读者爱护。

读者

个个写作人都有读者，读者越多，作者越红，稿费也越高，作者生活质量也相应提高。

故此，读者可说是写作人的老板，大抵不是什么良师益友。

读者是很遥远的一群人，他们从不表示爱看什么，他们只挑值得看的看——要值回书价，要值回时间。

今日看这个作者，说不定明日又去看那个作者，变心的时候，无可挽回，曾听见出版商对某同文说："要出书也可以，但不能够用原来的笔名，那个名字已经没人要看，改别的名字吧。"可怕到这种地步，只觉唇亡齿寒。

老匡说的智慧之语："十本书中如有一两本不符合该作者一贯水平，读者还会原谅，十本书中三本失水平，全十本会被读者唾弃。"

这个说法是可以相信的，读者要求十分苛刻。

却也不必刻意奉承，做当然尽力做，不过，只能做到这样，再不爱看，请看其他优秀作品，选择众多，不怕没有精神食粮。

同老板是要维持安全距离的吧，即使获得赞赏，也切记不可忘形，千万不可以为读者会在作者身上有什么得益，最好沉着地维持互荣互利的关系，五十年不变。

读 者

一个写作人所有的，其实不过是读者罢了。

家人太接近，才不觉得文字创作有啥稀奇，一贯在一旁喧哗打扰，那么，编辑看惯文中错字别字，又时时与写作人争拗稿酬数目，况且，麾下猛将如云，也很难对哪位作者青睐有加。

可是，读者是读者，真叫写作人感动。

倪匡有一次在日本馆子内厅吃饭，一班读者闻风而至，守在门口一个多小时，待他出来，对他说："我们不想打扰你用膳。"他这人感情本来冲动，又喝了两杯，顿时感动得流下泪来。

陌生人，毫无利害冲突，愿意接受你的信息，并且表示甚有共鸣，道旁相逢，你的心事、你的观点，他全知道，寒暄数句，分道扬镳，相信会继续默默支持，这样清淡天和的人际关系，几生修到。

一次，为一点点小问题与家人辩论数日不得要领，忽然捶胸说："不要紧，我的读者了解我。"顿时如注射一支强心针。

这是写作人的特权，一个建筑师可以说"我的业主了解我"吗？大抵不能，上帝是公平的，这样清苦的职业，以读者补足。

写作因由

报载，诺贝尔文学奖得主马尔克斯写作的原因是："要我的朋友爱我更久。"

泰半同文写稿，据说是因为热爱创作。

倪匡说："因为我不会做别的工作。"

又有人说："写作与呼吸同一道理，我不这样做就会死掉。"

把写作比为生孩子的，也大不乏人。

也因为它是一份时间自由的职业，同时，满足了人的发表欲及表现欲，使感情有所宣泄；作品完全私人，有锅个人背，有街自己扑，与人无尤，好得不得了；日后，又留有一份纪念。

还有，到底是做作家别致过坐写字楼，所以年年仍然有不少年轻人在我的志愿一栏里填上写作两字。

小朋友问：你是为兴趣写稿的吗？当然，凡是稿酬高的地方，我通通有兴趣。哈哈哈哈哈！

为什么写作？不知道有没有人敢说"唉，什么样的脏功夫都得有人做""身负文起八代之衰之重任""为自我宣传""要交租"……

到最后，都会选一个比较得体的、不着边际的理由，像："太久了，忘记理由了；对，你喜欢看我的书吗？哪一本？"

构 思

卫君问："你写小说如何构思？"

对他还能说假话不成？答："没有构思，一路写的时候，仿佛有个人在耳畔口授，他说什么，便写什么，那个人兴致好时，小说段数升高，那个人不大开心的时候，桥段便差点。"什么构思？

近来耳边那个絮絮细语的人不大出现，便只好少写点，如果他失踪，唯有停笔。

这便是灵感？太滑稽了。小时候有个幻想，最好有一早醒来，会得伏案默出《红楼梦》后四十回的真本……

后来发觉许多成年写作人至今尚有类似的梦想。

浅易

倪匡是一个天生说故事的人：当年自内地到香港，失业，孵豆芽，闲时便讲故事给弟妹听，说书技巧之佳，无出其右，宛如《格林童话》中那个笛子手，使听众沉醉地不顾一切追随而去。他的文字也浅，务求要看的读者看得懂，从不卖弄花巧，从不扭扭捏捏，用极普通的句子，讲非常特别的故事。

连书名都不过顺手拈来，像《头发》《眼睛》《木炭》《地图》《寻梦》《老猫》，一点也不香艳诡秘，简直缺乏吸引力，可是读者踌躇了，头发同天外来客有什么关系？非看不可。

选笔名也同样不经意。沙翁，是因为那日下午女儿嚷着要吃白糖沙翁，有读者斥责他自比莎士比亚，他鬼叫：此沙翁不同彼莎翁！

卫斯理，是因为一日车子经过本市的卫斯理村。很多时候，翻开字典某页，随便选几个字，权充笔名。

他当然是本市最有经验的写作人之一，故此句子越来越短，文字越来越浅，深入民间。

所说的故事，即使是《蓝血人》那样匪夷所思的情节，也并无刻意经营气氛，只不过轻描淡写娓娓道来，最诡异的是，二十年之后，新闻报道中透露苏联航天部其中一个职员，身份正与蓝血人相同。

辟 谣

连那么温文那么老实那么可爱那么熟的友人都为文散播谣言。

他这样写："……不像他们两兄妹，一天之内把整个星期的稿件写妥，其余六天优哉游哉……"

！！！

为此特地走访大作家："喂，你，你是不是做一天停六天，风流快活？"

大作家那苦水似江湖决堤，皱着眉头，做着手势就涌出来："唉唉唉，我一星期想单做六天，休息一天都不能够，非要写足七天不可，谁开这种玩笑——"

听，听。

连他都那样说，旁人可想而知，写稿，顾名思义，要坐在写字台前面逐个字写，大作家如是，小作家也如是，完全没有转圜余地。

十年未赴午餐约会，就是因为天天要赶稿，每日定时写五小时，像本市所有人一样，把一天最好的时间，奉献给工作，换取合理酬劳。

大中小读者请勿误会言情小说写熟了以后每周只需工作一天，该天只需做三四小时。

没有可能的事，大作家与我都写到瘰上颈。

大作家

　　大作家最自私，从不公布写作心得。

　　多想听听他谈谈写作苦乐……怎么样投稿，如何崛起，以什么成名，之后又为何改变风格等等，伊整个人堪称香港报纸副刊沧桑史之活见证。

　　三十年来名声不坠，谈何容易，大抵就是因此才不肯透露秘密，引得我等三脚猫心痒难搔。

　　访问他的人往往高估此人之不羁，而低估此人之才华，永远不问他怎么构思，如何创作。

　　即使涉及此等较严肃问题，他亦含糊顾左右言他，"一小时我写五千字，哈哈哈哈哈，每天工作两小时"，说了等于没说，滑不溜手气死人。

　　人家出书，多多都有个数目，大作家著作若干，只怕连他自己都不知道：一千、两千、三千？妙不可言。

　　别以为家人会知得多一点，一齐吃饭，不过听他说："唉，六合彩又不中，某只白兰地越来越乏味，少年子弟江湖老……"

　　唯一一次提及写作："我一套书换你一套干不干？"

访问

"多年来你写作路线多次变换是否刻意要造成与令兄有一个明显的界限以示思路独立？"

嗄？

最怕听到类此深奥的问题，立刻决定不接受是次访问。

只会得回答比较简单的问题像"你几岁""可真心喜欢写作""你有否抄袭令兄"或是"到底为何写作""什么时候退休""是认真抑或胡混"……直接点、鲁莽些无所谓。

但希望听得懂。

长篇大论的问题听了下截忘却上半，被访者往往似被律师盘问的犯人，只有答"是"或"不是"的份儿，一下不留神就中圈套，提心吊胆，一非必修科，二不影响收入，受这种罪干什么，当然拒绝回答。

问题浅一些也可以趣味性浓厚兼包含人生观点，像"为什么你少年时愤怒中年时浮滑"之类，但，唉，记者不屑问这样的问题。

以前，我们做访问的时候，问的问题，最要紧是读者爱看以及当事人乐意回答。

现在，记者只挂着抢镜头利用被访者表演他个人才华。

短篇小说

真没想到那么多作者愿意交短篇小说。

最怕写短篇，因为一篇一个故事，字数少，不好发挥，给读者的印象至多是短小精悍，像对一个人一样，那并不是什么溢美之词。

小说最好是十多万字那种中长篇，如能做到浪漫潇洒，必能使读者回味无穷。

老匡说过，"你看契诃夫的短篇写得多好，都不及一部《战争与和平》，当然我们都不是托尔斯泰，但由此可见短篇之难写。"

数千字，如何发展人物与剧情呢，弄得不好，完全像青少年习作，况且，何来这许多题材？

短篇小说是否必定受读者欢迎？当然不，否则，早已学写短篇矣。

写长篇，好比天天交习作，也不简单，因每天都想拿个好分数，可是交短篇，好比接受测验，感受不一样，字数少，无毡无扇，神仙难变，纰漏即现。

自问一贯喜爱写作，可是还没有爱到愿意长期定时在报上写短篇的程度。

除了带孩子，这是世上另一宗百分百吃力不讨好之事。

假 如

假如我是真的。

假如我是好的。

拜读大作家短篇小说，一共看了三次，小小三四千字，情节峰回路转，曲折离奇，带出因果报应。人物性格，则栩栩如生，演尽七情六欲。而且时空交错，横跨四十年沧桑。全部都在这三千多字里边了。

阅罢沉默一会儿，然后说：假使我能写得这么好，我也可以要这么高的稿费。

可是，你把机关枪搁我脖子上，给多一百年，写不出来，也就是写不出来。

况且，人家写那样的短篇，不过是例牌工作，一个下午，起码写三篇随便登在名不见经传的杂志上。

完成近五百个短篇之后，开始发觉，这种小说是多么难写，要做得上轨道，几近不可能。

所以更要埋头苦写，盼望奇迹出现，许终有一天，幔子自当中裂开，海水分开两边，太阳自西方出来，大地震动，天花乱坠……看，无奈到极点，只得嬉皮笑脸。任何行业的黑暗和挫折都可以克服，假如你是好的。

怪行业

家里有人撰稿为生，一定颇为尴尬吧。

试想想，总有一天，什么都会被抖出来，黑字白纸那样登在报纸上，多么奇怪。

即使题目是科幻、政评、社会现象，日子久了，天天交稿，终于会把家庭琐事、大事泄露出来，更何况有些作者逛街吃茶买件衣裳也写好几日，还有，一出门，专栏即成游记。

家人怎么想，是难堪还是无奈？我比较幸运，老伴从来不看拙作，而小女根本不知老妈是名职业妇女。

猜想这个行业略具厌恶性，一半人看见我们有点害怕："千万不要写出来。"另一半人却刚刚相反："我有个故事可写成小说。"

仿佛讲是非还不够坏，还有些人专门写是非，所以极少出席聚会，事后有谁说了谁，也与在下无关，不在场证据充分。

震侄年幼时，称其父为"那个写咸湿小说的四眼佬"，有点偏见，可是相当传神。

十分尊重本行，可是个中得与失，苦与乐，却不打算与家人分享。

作者真貌

相信倪震认识的作家最多。

幼受庭训，此刻又成为行家，他父亲好客，朋友络绎不绝，连星马、台湾那边文化界的知名人士都时来探访，老中青三代写作人的庐山真貌，倪震耳熟能详。

我？说来惭愧，一则不擅交际，二则永远似身兼二职，穷忙，抽不出时间来参加集会与晚宴等各式活动，再加上长时期患瞌睡症，见同文的机会，少之又少。

讲起来，笑死人，谁谁谁见过没有？对不起，久无邦交，某某与某某呢？前年，呃，不，三年前仿佛在查先生府上见过一次，那么，张三共李四呢？久闻大名，如雷贯耳，可惜从未碰过头。

可能从来没有一个人在某行业做了那么久而又不识本行英雄好汉的。

但结交朋友是一种艺术，需要天分时间精力金钱支持，不然，则识多错多，讲多错多，梁子无数，反面成仇。写作人泰半多心，不多心不能成为写作人，多心人同多心人结为知己？并非无此可能，不过肯定辛苦。故情愿与同文神交，遍读专栏，也就等于天天谈话，写作人的眼睛鼻子并不重要，不见也罢。

行家亦不认识我。

信 件

C 先生不擅辞令，遇到刁钻古怪，强词夺理的我们，当面说不过，讷于言的他只得写便条回复。

久而久之，手头上至少藏有十封八封这种墨宝，通常是大家对他有要求，他婉拒，并加以解释、教诲，某次，要求加稿费一元，他几乎把全世界经济情况分析给我们听。

老匡知后大笑："拿信去发表，可当一年稿费用。"

真的，打算着手辑录这些信，原文照登，然后由收信人，即当事人写一千几百字解释来龙去脉，譬如说怎么会挨骂之类。

那真是明教的全盛时期，光明顶上人才济济，由四大法王与左右光明使护法，即使小喽啰如我等也尽心尽意出一份力发一份光。

受他的影响有多大，也不用去说他了。

其中一封信，措辞严厉，收到时纸张是团皱的，分明光火过度，早已扔到字纸篓，然后实在下不了气，再拣出寄上。

教主不易为，信焉，终于退下来的他，不知有否怀念一大班教众。

赠书

大作家不赠书？非也非也。

金庸曾经问："要不要新版《鹿鼎记》，送你一套。"不识相的我竟面无表情答："不要，已经买了，谢谢。"

隔了许久，前年偶遇，金庸又说："台湾新印一套版本不大不小的《射雕英雄传》，尺寸十分舒服，送你一套。"显然记得前事，又加一句："要不要？"

连忙答要，可能语气不够逼切，故至今没收到书，看得都快会背了，什么版本还有什么重要，由此可知，大作家也不是不肯赠书。

老匡家中摆满大作，任何人开口索取，永不落空，一次取完小说他还问要不要杂文，老脾气又发作，竟如是答："杂文不好看，不要。"他当场气馁："我早说杂文不必结集了，出版社又不信！"

由此可知，赠不赠书，纯习惯耳。

我的想法是这样的，每种书卖数百万册者实在不妨赠书，九牛一毛，总还送得起，总共卖数百本者真得精打细算，多卖一本好一本，是不是，私相授受，互相交换，都看过了，还卖给谁呢。

最主要是深觉写得不好，无谓献丑，街外人愿者上钩，没话可说。

漫画家

终于见到著名漫画家蔡志忠。

名利双收的他，一点架子都没有，随和、朴素、幽默。

工作态度与观点同倪匡有许多相似之处，像"我从来不叫编辑们追稿""顾客喜欢购买他们熟悉的东西""每天一早起来即开始工作"，一流成名人物的特性相似，信焉。

蔡志忠有三好，依他心目中重要性次序排列为：桥牌、园艺、漫画。

桥牌在温哥华赢过许多奖杯，对手根本不知他不谙英语，管他叫 CC，五体投地。

园艺种什么都活，标准绿拇指，羡杀旁人，最近在后园种樱花。

很少谈到他的工作，就像倪匡在人前从来不提写作之道一样，谦逊之至，真要多多学习。

他那《漫画孔子》一书，单在台湾，销了二十二万册。

代小友问他要签名，他不但题了上下款，还添赠漫画一张，非常重视读者。

提出问题："《漫画唐诗》为什么没有《将进酒》？"

"有呀有呀，我画李白把皮大衣脱下来换酒喝。"随即答应寄上。

上帝有时特别偏心，把才气与努力同时给了同一人。

肆

痴

人

十

原来，人们不敢面对的，往往是真实的自己。

特权

不知是不是真的，这个故事刊登在台北一本畅销周刊上。

香港名作家倪匡与已故武侠小说作家古龙甚为友好，倪匡平时与古龙吟风弄月，双方都自称对异性有一手。

某晚，古龙说："我的本事非同小可，没有一个女人不喊大王饶命。"倪匡不甘示弱："我的本事也不小，不过都是我在喊女大王饶命。"

中年男人的担子固然不轻，但是享受也一等一，生活中这样的私隐被揭露了，读者只觉乐而不淫，笑弯腰，却不觉猥琐，还说不是特权？社会爱才，普通人可过不了这一关。

午夜观电视清谈节目，只见中年男士们坐在年轻貌美的女郎身侧高谈阔论，心中艳羡之意，油然而生，瞧，做男人多好。

薄有文名，嘴巴很会说话的女性亦不少，就是得不到如此待遇，徒呼荷荷。

一日对某文艺月刊说，不要他、他同他来做访问，利智呢？请利智来访问我。

为什么只准有才气的中年男士眼睛吃冰激凌？

我们也要美少年来陪着说话，中年汉子们押后处理。

穷作家?

俗云，穷作家，穷作家，于你我或许适用，N君则可能要嗤之以鼻。

且看传言数则。

（一）某老总邀N君写稿，酒过数巡，老总开口："老兄，稿酬算三万一月如何？"N刚要答允，奈何嘴里恰有一口酒，待咽下喉咙，方能出声，一两秒间，老总误会他嫌稿费低，正踌躇，立刻满额汗："老兄，加到四万一个月。"唉，天无眼？

（二）N君到台北某大出版社收版税，会计说："我们立即开支票。""不！要现金，立刻，马上！"出版社立即派两名女职员到附近银行取现款，据说台币装满好几个布袋那样扛上去，不知N怎么抬回酒店。

（三）同文潦倒，在旧书摊找到N君所著旧武侠小说一套，缺了几本，于是补出来交到报馆，编辑居然照登，一日问N君："稿费怎么算？"N君不假思索："全归他。"

（四）所有稿件，通通预支半年稿酬，管谁半途割稿、改版、关门……一点影响也无。

事在人为，你我做不到，纯属学艺不精，并非社会的错。

请 辞

老匡请辞某报五元一字稿酬，结束专栏。

何故？他说："一晚，做梦，编辑来电追稿，快交稿快交稿，翌晨，即去信辞工。"

由此可知，写稿的压力有多大，被老编追稿，是多么讨厌的一件事。

因怕得实在厉害，故大量交稿，免听追稿电话，好比斩脚趾、避沙虫。

生活舒适，可以不写，自然是收笔为上，大红大紫固然值得羡慕，与世无争却肯定是更高境界。

清晨起来，孜孜不倦操作，其实至庸俗不过，不过既然决定要写，勤力又好过吊儿郎当。

或许一日顿悟：咦，我在写什么，何故如此辛苦劳碌，掷笔而起，大笑，赏花去，肯定已步入另一境界。

蛮可怕的，人到无求品自高，可是无欲到那种地步，类似半仙，感觉究竟如何？

开头，刚入行，来者不拒，什么都抢着做，是非不论，但求出身；稍后，略有眉目，拣来做，酬劳高，做得开心的才做；最终返璞归真，自在最重要，辞工不做。

免开尊口

专业写作人要求加稿费，又该采取什么样态度？

老匡与我，加在一起，大抵有六七十年写作经验，兄妹一致认为，写稿容易讲价难，怎么样把稿件拿出去换取合理稿酬，完全是另外一门艺术。

首先，开口之前，要确定有读者支持，若借不到群众力量，免开尊口。

第二，这是老匡教我的，开口之际，你要有心理准备，你不会得偿所愿，编辑部随时会叫你停笔。

假使你不舍得不写，或是不能不写，那，最好亦免开尊口。

倘若地位超卓，又得编、读者欢心，开口之际，爽爽快快，讲明你要的价钱，切忌同任何人比较，还有，定下最后期限，还有，限期到了，目的尚未达到，一定要走，不可拖拖拉拉扯扯，叫编辑部看扁。

做不到？亦免开尊口。

万幸过了关，当然可以松口气，集中全副精神努力写作，明年再与编辑部纠缠，不过，最好不要骄之同侪，夸夸而谈，某报非我不行之类。

太肤浅无聊了，讨价还价手段一流，并非等于稿质一流，不如捏着把汗埋头苦干。

低估

老匡已经半退休了，首先，作为读者，要感谢他的卫斯理传奇，那一连串的精彩科幻故事，曾带来无数欢乐，刺激的剧情，含蓄的哲理，都叫读者拍案叫绝。

老匡的聪明机智，为人高估，其写作才华，却为人低估。

也许是稿酬实在太高，读者实在太多，风头实在太劲，而华人心目中传统文人都不是这样的，于是谈到他的写作才华，众人总有点犹疑。

可是你若像我那样，自六十年代开始看他的武侠小说如《六指琴魔》，以及剧本如《唐山大兄》，到木兰花故事、卫斯理传奇、聊斋新写，那你就会知道，此人才思敏捷汹涌，真是天生一个说故事的人，不可多得。

写了那么多，一直以来，又维持着个人水平，他从来不想做一百分，太浪费时间，不符合经济原则，他永远只做八十分，可是又胜过许多许多人呕心沥血之作。

他从来不谈自己的作品，可是对唯一文艺作品《呼伦池的微波》不能畅销，颇为大惑不解。

他最好的故事，肯定还没有写出来，但是已经说累，读者恍然若失。

试想想，本港文坛假使少了此人，何等苍白。

魅由心生

极喜欢这则故事，说故事的人是老匡：一日，他喝醉了酒，在尖沙咀某处硬是要惹三个年轻人打架，人家忍让又忍让，忍无可忍，斥责他道："好了！倪先生，你以为你真的是卫斯理呀！"

太有道理了，书中主角是书中主角，作者是作者，千万不可混为一谈，许多作者误会主角由他所创，于是，他即是主角，主角即是他，天长地久，影响心理，异常危险。

试想想，金庸若把自身当郭靖、杨过、韦小宝，那还怎么生活。

一定要分别为圣，主角性格可以有作者影子，但写完稿件，宜即走出幻想世界，回归现实。

书中人所作所为泰半随心所欲，乐，乐到极点，悲，也悲到尽头，为求看官满意，在所不计，浪漫、激情、曲折、离奇，任意安排，乃著书人看家本领，作者若一时糊涂，魅由心生，代入剧情之中，难舍难分，则后果堪虞。

搞文艺工作的人因长处寂寞中，压力又大，易生心魔，弄得不好，一发不可收拾。

千万要小心，记得要抽离。

字体

自问字体工整、端庄、一笔一画清清楚楚，连简体字也不多一个，小孩都看得懂，可是一到手民处，无论是老式拣铅字，抑或新款计算机打字，必然错漏百出，诸多加减乘除。

相反，大作家历年来字体日益图案化，小小一颗一颗，好比埃及象形字，你别说，各有前因莫羡人，法老王古墓中字体至今无人可解，考古学家束手无策，但是各大报章杂志之手民们自能演绎某君巨著，一字不易不错地天天刊登出来。

异数？非也非也，名气世界，厚此薄彼，乃理所当然，无可奈何。奇是奇在这种字体连一封短简大家都要花半日时间商榷，运用智慧及推理技巧，才能凭上文下理猜臆这这这是什么意思，究竟手民有何秘诀？

多年来，从来也没听谁抱怨过象形图案甲骨文，反传为美谈。

心有不甘，真想自明朝起便东施效颦，节约时间，又怕老总与编辑先冷笑起来：有人终于发神经了，好名正言顺叫伊收笔了。

没有本事，不敢作怪。

派头

"……爸爸在澳门南湾有座别墅，用人花王司机一大堆，我挥一挥手可以买三五万块钱的新衣。"

这是某言情小说中形容千金小姐生活的一段。毛病出在什么地方？

多年前老匡已经说过："写作人千万不要吝啬，又不是真的要拿钱出来，与其让男主角到澳门去赌，不如叫他到蒙地卡罗，出手便是直版英镑。"可是，有些人的气派排场做不大就做不大，没法度。

反正是杜撰，别墅盖在尼斯或波拉波拉都较为精彩，还有，今时今日，一袭现买现穿的晚装动辄已经三五七万，别太委屈女主角，挥一挥手，起码叫她花掉一个银行总裁的年薪才是，任她浪费好了，又不是真的要求我们掏腰包。

当然，太离谱是不行的，凡事总得有个褶儿，但，一定要读者过瘾，吹牛要吹得到家。

讲明是言情小说，大抵不会牵涉到忧国忧民这种大前提，既然写千金小姐，场面不如搞大，现实生活中已有六十万港元一袭婚纱，写作人宜速速改掉小家败气习气，否则，徒惹读者耻笑。

有人抱怨写了一辈子仍是个"低调"作者，大抵先要检讨检讨笔下排场。

揭 秘

多年前，写了一段专栏，老匡读后，忠告曰："莫揭人私隐，这种文字，一定受若干读者欢迎，可是，写的人格调先得降级，划不来。"

他的意思是，不要对他人的秘闻做任何披露，老实说，你我所知，也不过是传说谗言，如何作得准，不必黑字白纸拿出来写。

立刻从善如流，是是是，以后非常警惕，对行家私生活，视若无睹。

如果不喜欢某作者文字，大可实凭实据批评他不负责任、粗制滥造，他一生有几个异性朋友，就不必长篇大论地当趣事讲了。

一些爱讲故事的人，一开头就说："各位读者，让我告诉你，文坛的大笑话——"最可笑的便是来说是非的人，受过教育、识字，又写字为业，口角如此愚鲁，读者会怎么想！

文坛、商场与电影界，乃至整个社会每天都有许多可笑可叹的事发生，可予正式报道的自然会出现在新闻版上，每人对本身行业均知之甚多，来龙去脉，不如挑开心事来说。

一手数据，不一定用作人身攻击。

逊色

小友这样说：N 君现在的作品，同他从前的，是不能比了。

才华不同姿色，应该日益进步，其实是不怕今非昔比的。

我们觉得一个人的作品比从前逊色，有几个可能性：一、他不进则退，已被时代洪流淘汰。二、他改变作风，此刻的风格不是我们所熟悉的一种。三、他无心向学。

至于 N 君，第二个可能性比较大，近作层面跃升，虽然还在讲故事，但是范围较大，不再在情节上兜兜转转，感慨较多，激情渐减，读者群转向成熟，故小读者闷闷不乐，颇多抱怨。

在我们眼睛看来，技巧与深意都大有进步，不过，即使如此，一本书如不获大量读者青睐，仍然难以生存，作者转变风格之前，应有心理准备，顾客喜欢熟悉的产品，后果自负。

出版社曾表示，读者喜欢某类故事，意思是，可否炮制续集，立刻婉拒，那种故事，其实很容易做，再写十本也还可以，可是实在不想走回头路。

其他同文的想法一定也类似：前景新鲜至重要，沙石亦新奇，胜过兜兜转转。

读者怎么想也顾不得了。

痴人

台北时报周刊编辑部登的启事：欢迎有特殊收藏的痴人，只要你，或是你亲友的收藏物是罕见的，收藏方式是特别的，收藏的时间够久，数量够多，我们都希望你与我们联系。

这个栏，叫作痴人专栏。

期期都图文并茂，原来什么都有人收藏：钱币、玉器、唇印、书本、瓶罐、海藻……

看到贝壳的时候，家人都会心微笑。某君收藏贝壳阶段：岂止是痴人一个，简直是一名狂人，时为七十年代初期，伊特地租三房两厅专门摆贝壳用，敢说任何私人收藏的阵容与之相比，都可能小巫见大巫。

后来到过许多国家的自然博物馆，所见贝壳，状态与种类，也稍微逊色。

当时国际性贝壳文献及杂志，在罕见贝壳类下，均有记载某君姓名，表示此人私藏有这只那只贝壳。

家属中竟有这样的奇人，迄今见到图片中贝壳，还能随口叫出名字：像黄金宝贝，像龙宫翁戎，像罗贝齐骨螺，无他，耳濡目染，深印入脑。

量与质都绝对是一流的。幸亏玩物而不丧志，否则不堪设想。

家传

几间大规模拍卖行如苏富比都有专人代客估价，无论是什么收藏品，他们一看，就能如数家珍，把它的历史、特色、价值一一详细说出来。

真是一门专业，因此，无事到拍卖场地逛逛，挤到估价摊位上去旁听，乃一大乐事。

——"这只茶壶看似东方文物，其实乃十九世纪末期英国制造，出品人可能是美臣，果然，壶底有他的署名，当时只有他喜欢署名，这个壶叫'门后的男孩'，你看见壶身着色人物中有一男童自门后张望没有？因而得名，该件瓷器状态甚佳，现时约值一千四百镑……"

如有特别藏品，去信要求估价亦可，有一个时期老匡藏有颇多中国罕有邮票，叫我去信约苏富比的专人，结果人家来了，约上午见面，可是那时老匡早上起不来，只得取消约会。

你家里有没有上两代传下来的木家具、钟表、银圆、刀剑、字画、首饰？

嘿，价值很能叫你大吃一惊呢。

不过海外华人擅长流离，滚动的石子收集不了青苔，一切都是现买的，最古的古董，大概是中年人自己了。

龙井

我一向喝龙井，国货公司最好的极品龙井，最近卖得光光的，于是只好退而居其次，买了次货试试。

泡出来一看，颜色是黑墨墨的，叶片也碎，喝一口，味道倒还过得去，只是样子不太美观，由此可知，头等与二等，到底是有差别的。

最好的龙井，据吾兄云，叫"旗枪"，泡开之后，嫩绿的茶叶有一片是卷着的，形状较尖，故谓之"枪"，另一片则伸展开来，像一面旗，两片是一定连在一块的，茶色透明玲珑，那种清香，更是不用提的。

喝过那个之后，别的也不必试了。那么一个人，得了好货，再不会向二等货妥协，久而成了习惯，倒也麻烦。

茶

茶什么，都喝茶包，一切从简。

中西都有，自动热水壶中按出开水，把茶包抖一抖，即时一杯柠檬茶、薄荷茶、普洱茶或铁观音、龙井、大吉岭。

喝完了，爽快磊落，一手扔掉，再拿新的，不然还怎么办，不信你去问问蔡澜。

以前此人喝茶，先烧壶滚水，泡热茶壶茶杯，水过三巡，再加茶叶，再浇开水，一口茶倒要三茶壶水侍候，到了一九八六年底，这种耗时耗神的功夫肯定已经崩溃，为电影奔波，大概只在做梦时喝玫瑰普洱，活该，哈哈哈哈哈。

倪老匡也是，茶叶分类用锡壶装住，一列排开，官样阵仗，最近也不大听他说茶道了，发生了什么事呢，耐人寻味，值得推理。

试过一个夏天，忙得做冷开水时间都没有，女佣还要歇暑，只得每人下班，抱一瓶庇利埃矿泉水上楼，兄弟，就是它了，还喝茶呢。

想想有些凄凉，最后丁点享受也逐渐式微，因为时间不够。

不过不怕，虽然用埋在梨树底下鬼脸青瓮中旧年蠲的雨水泡茶已是一个梦，我们这一代仍然得比失多。

名胜

买了本《中国名胜古迹》，看得神往。

最喜欢那种依山势筑成的庙宇，殿堂楼角一半悬挂在万仞危崖间，鬼斧神工，但另一半却似没入崖石之中，嵌在峭壁上，像被山壁吸入，非常美，非常超现实，像是卫斯理科幻小说中的景物！崖石的分子经重新排列后，忽然软化，外层空间来的智慧生物大力一按，将庙宇捺入山石……

我这个人是无科幻不欢的。

　　卫斯理年轻的时候游遍多娇的江山，孵豆芽时常谈及名川大山的神奇古怪故事，听得神往。

　　还有哪一个国家有如此风景呢？连一颗雨花台的石卵，都有它的故事，诡秘艳丽，使人着迷。

雨花石

南京雨花石从何而来？

第一次见到它们，在国货公司橱窗里，一磅一磅装在透明胶袋里卖，不准逐颗拣，有许多神话传说跟随这些美丽的石卵。

浸在水中，颜色特别分明，条纹斑点都十分标致，没有两颗是一样的。

卫斯理甚为雨花石着迷，以它为题材写过科幻故事，年轻的时候游南京，他亲自拾过雨花石，也觉得石子颇似天女撒下花朵幻化而成。

中国人是这样的，每一件事，都附着一个传说，都与神秘力量有关，一会儿是观音菩萨留下的足印，一会儿又是吕纯阳的手印，然后，后人便在名胜点立一个牌坊，设一个匾，说明这件事的来龙去脉，天真而浪漫，总之不承认有人为的因素。

雨花石是河水搬来的，这么好看的卵石，独此一家，并无分店，当初也不是没有棱角的，石块与河床之间，石块与石块之间，互相碰撞，两三百万年之后，噫，棱角没有了，洪水消退，卵石留在河滩上。

还传说大石子会得生小石子呢，多么妖异，可见太美了也不好。

图 章

我喜欢图章，但不是人名。

人名有什么值得刻印的。

一些好句子，像"火烧眉毛，且顾眼下"，或是"只是活人受罪，哪见死人吃苦"。

我深信越是浅白实际的句子，越是适合刻印，二哥送的一方"船到桥洞自然直"，每到绝处，看看它，也就叹口气，熬下去了。

也没有熬出什么意思来，到底活着，而且活得这么失意认真，就是本事。

洋老师给了我一方印子看，问写的是什么，上面是

意，但求无愧我心！

说给他听也不会懂。

《红楼梦》的句子也多，刻不胜刻。

可是我懂什么呢?

我连看英文畅销书的耐心都没有。

印泥盒

获二哥再赠印章一方，故此颇有买一盒印泥之念。

跑去看，皆要数十元，还只是盒子。

据云朱砂印泥亦需数十元一两。

再看，稍合心意的盒子竟要数百元，乖乖，再看下去，老命卖了都不够，还盖图章玩呢，快快不乐。

后在故宫博物院见一翡翠印泥盒，又见一掐丝景泰蓝仿西洋美女图印盒，皆目瞪口呆。

左思右想，觉人生在世，数十年耳，回港后索性看仔细了，什么喜欢就买什么，只要银行存折没有异议，买之何妨！

譬如买粉擦，还得冒中铅毒之险。

真不懂

友人来访，赠图章石一块与五绝诗一首。

真是对牛弹琴，因一概不懂，我并非一个艺术家，老实说，细胞也无艺术倾向，为人十分庸俗，此事亦早有公论，无谓掩饰。

对琴棋书画没有什么大兴趣，兄弟中至风雅的是老匡，他真是对一把扇子连面带骨都有研究，那么还有老伴，一有空闲便临字帖，练小提琴，颇有文化。

年轻时，看完报纸巴不得去逛名店喝下午茶，此刻更加不堪，因吝啬时间金钱，连这两件喜好都已蠲免。

幸亏有点自知之明，从不标榜懂些什么，读者没有期望，也就不会失望，彼此相安无事。

一般来说，文科中学生懂的，我大致上也跟得上，女士们时兴何种装扮，还略知一二，那么，电视报纸上报道过的新闻，也大都知道。最主要的是，这些年来，开始进修街头智慧，居然有天分！得益匪浅。

想愉快地存活在世上，一般常识重要过知识，一向尊重有学问的人，两者都有当然最优秀，否则，宁舍文艺气质。

故对友人说："下次，买只巧克力蛋糕上来。"

洋娃娃

　　我有一个洋娃娃，自十二岁那年保存到如今，每过一段时期，取出打理一番。

　　那日正替洋娃娃洗头洗澡，用吹风机吹干长发，再用电卷子在卷，电话铃响，同事问："你在做什么？"简直不敢开口讲，怎么好告诉人家，我正在替洋娃娃梳头发？

　　后来又携洋娃娃去买衣服，试了多套，结果史努比的衣服它很合穿，T恤略大，反正时下流行over size的衣服，不妨，然而当店员问："这是谁的洋娃娃？"我死不肯说。

　　这个洋娃娃，是哥哥无端端在好几个甲子之前送给我的礼物，当初也不知道可以保存得这么久，但搬了无数次的家，它并没有被丢掉，如今简直变成我一生中最富纪念性的东西，到哪儿都疯狂地带着。

　　父母往新加坡探访弟弟，我买了个美丽的洋娃娃，带去给五岁的侄女儿，希望她像我这个年纪的时候，尚会为这个洋娃娃买衣服穿，把它打扮得漂漂亮亮。

　　待孩子只要略好一点，他们就觉得了，那日哥哥自报馆下班，带着我去人人百货公司买这件礼物的过程，历历在目。

杂物

家中有一些杂物，像历劫奇花，经过不知多少人与事，不但仍然存在，而且完好无缺。

什么，这只杯子不是十七岁生日某熟人送的吗，用来插笔，居然环游北半球，比友谊耐久得多。

一只镶水钻发卡，起码十多年，物质不灭，不知怎么总未丢失，其实也没有刻意珍藏。

身外物历史最悠久的是老匡送的一只洋娃娃，搬家时永远在随身行李内占一角，异常珍贵。

有许多新买的玩意儿转瞬间已经失落，也不觉可惜，不要紧，再买。

一般来说，幼儿最恋身外物，玩具破残了仍不能扔掉，否则会大哭。

可是也有些老人更加对物质恋恋不舍，这才叫人纳罕，不明所以然。

所谓永久，不过是生命那么长，即使拥有永久业权，住到生命终结，也转属他人。

好像比较豁达是因为没有资格拥有名贵藏品，可是说到失去的时间总心如刀割，后悔得吐血。

睹物思人，常常为件小摆设回忆良久，思潮飞到老远。

啤酒

啤酒是人类恩物，含酒精量低，故此可以大杯大杯喝，它是唯一解渴的酒，冰得极冻，连泡泡一起喝，妙不可言，几只德国啤酒味道尤其清冽。

喝酒的文化在适可而止，就那么多。

在学堂里读酒店食物管理，什么地方什么年份出什么葡萄酿些什么红酒白酒背得滚瓜烂熟，参考书一大堆，真要写起酒经，相信也不会比副刊上一般食家为差，可是始终认为酒同艺术一样，为的是使人高兴，爱装模作样者不宜。

白酒比较喜欢水果味充沛但不太甜的像普意费赛或香白丹，餐酒的缺点是非精选不可，有些入口似醋，红酒更难找，传统波尔多或许，一级香槟味道当然最好，一个人就可以尽一瓶。

老匡喜白兰地多过威士忌，因为葡萄好吃过大麦云，不过疲劳时一杯威士忌加冰，千金不易。

说起来好似什么酒都不介意，这是真的，也绝不讲究配菜派头，最喜黑啤送牛肉三明治，加大量芥辣，口味像矿工。

三十岁后一切嗜好转得十分卑微，啤酒一度，其乐无比。

海

对于海，最深的印象，便是小时候由父亲带着去看《海底两万里》电影，在银幕上看到自海中爬出一只大乌贼，把整艘船拖下水底，非常刺激。

大抵是那个时候开始的，对海底世界非常感兴趣，加上中了《国家地理杂志》的毒，一直想念的科目是海洋生物或海洋地质，试想想，地球上四分之三是海洋，浩瀚澎湃，实在值得探讨。

潜水铜人带着管子，没入海中，冒上珠子般水泡，看到千奇百怪的神秘景象，生命之源来自海洋，岛的诞生大半由海底火山爆发引起。

中学毕业后地理教师曾问及是否愿意参与制造一个这样的模型，当时因为忙着要写小说出风头而婉拒，隔了这许多年仍耿耿于怀，可见对海的关怀忠诚不变。

以海为主看世界，心境平静无匹，倪匡曾说他希望做一尾魔鬼鱼，逍遥自在，又够神气。

地球上的世界已分阴阳两界，阳界是太阳照得到的地方，而阴界是大海深处。

难怪那么多人爱上坐船的感觉，实实在在，是置身两界边缘，妙不可言。几时约齐了人，不必散发，借了东风，在海上漫游三个月。

伍

聪明笨伯

+

读者是读者，真叫写作人感动。

玩 物

老匡置了辨声计算机，此刻著书，躺在沙发上，对牢麦克风，读出来，由计算机转为文字，打出交稿。

老友世瑜兄大为叹服，他说此人无论玩什么都到家。

玩的真谛是莫惜腰间钱，正是：千金难买心头好。还有，玩不起不要玩，稍有自知之明总有益处，小家败气地玩，沦为武大郎玩夜猫子。

千万不要问是否值得，现在不是谈生意，现在是耍乐，寻开心，当然要花冤枉钱，从请吃饭到泡夜总会，那么多人陪你还不够，尚要求颗颗真心，未免不近人情。

古玩、珠宝，但凡喜欢就行，真的固然好，假的也无所谓，切勿讨价还价。

并非人人能做到如此慷慨豁达潇洒，前些时小老蔡问："你为何毫无嗜好，是否怕玩物丧志？"纳罕地答："我有何物可玩，我有何志可丧？"实在是玩不起，惭愧惭愧。

恋爱亦是游戏，劳神伤财，身家与热情不足者一定头崩额裂，还是规规矩矩的好。

那么还有政治游戏，更加碰不得，君子与小老百姓都不宜站危墙之下，你愿意扭秧歌？人家不一定喜欢看，切莫糊里糊涂。

空折枝

这是另一则坏脾气故事。

若干年前，老匡约了上午十时在编辑部见，准时到达，编辑部内不但没人，且上了锁，老匡大怒，恶向胆边生，到字房拿了一大块铅，向编辑部的门锁大力敲去，打烂了锁，拂袖而去。

事后，有人向老板哭诉，老板居然亦轻描淡写说："门锁早该换了。"

哗，可耻，令人发指。

　　小不点眼眨眨，心向往之，咬紧牙关，一心向上，希望有朝一日，在老板心目中地位可提升至那个崇高地步，可以随时随地，拍案而起，打烂东西，而不怕打烂饭碗。

　　日月如梭，光阴似箭，不知不觉，在本行居然转到这年头，唉，一言难尽，从前还可说年少气盛，不管配不配，也耍过一阵性格。

　　近年？致电编辑部，只会得打躬作揖，直喊爷叔阿哥，生怕得罪了谁，影响生计，身份地位，可想而知。

　　故最佩服坏脾气的聪明人：有资格发脾气的时候，一定要发。

　　莫待无花空折枝。

发脾气

发脾气是一种艺术。

老匡的名言："最讨厌的，是天天发脾气，与永远不发脾气的女人。"

发脾气的对象，至少要旗鼓相当，有本事，对牢老板大发脾气，气出在妇孺、弱者、下属身上，未免胜之不武。

什么时候发脾气，也有讲究，乱发脾气，无理取闹，诚属不智，为利益争取，拍案而起，则无可厚非。

永远不发脾气，在今时今日，不大行得通，社会节奏急促，谁会费时失事地推敲琢磨谁的心里在想些什么，非得直截了当说出来不可，如果不得要领，就得采取比较慷慨激昂的态度。

那也就是发脾气了。

脾气人人会发，却也讲究身份，很普通的人，很普通的才智，脾气还是少发为妙，发错脾气，惹人生厌，说话都没有资格，居然乱发脾气，更是自寻死路。

有人隔些时候发阵脾气，视作平常，有人一生发一次脾气，不可挽回。

真正坏脾气十分吃亏，会得挑脾气来发则是聪明的人，当然占便宜。

糊涂

哥哥一日说："男人喜欢糊涂的女人——"

是，但我们这些貌似能干的女人，也不是生下来就能说会道，善打冲锋的，我们的牙尖嘴利，也是受环境熏陶的，适者生存。在写字楼中，男人堆里争威风，抢先升职，久而久之，自然有个精明相，否则一味可爱糊涂，再讨人喜欢，老板也要炒我们鱿鱼的。

这根本不是本性的问题，而是机会不允许。居移体，养移气，无论哪个女人，在家坐久了，天天养尊处优，除了米饭班主的那颗心之外，一切不必担忧，自然就糊涂。

回去

老认为卫斯理的理论再正确没有：

咱们并不是地球上的土著，咱们谪自某美丽的星球（天堂），一直想"回去"。

假如这里是我们的本家，我们为何如此不快活，几乎任何事都会引起不耐烦：酷热、严寒、过忙、过闲，富人与穷人同样烦恼无尽，心中俱有说不出的苦处，有无数解决不了的问题。

真的，连野地里的百合花还要活得比我们高兴得多。

"那里"不知道是怎么样的，闲时想起，心向往之。

寻根究底

老匡这样写："别人有意掩饰，切忌寻根究底。"

做得到，其实也并非过人的智能，乃系成年人合情合理的处事方式。

私事就是私事，管他芝麻绿豆，鸡毛蒜皮，人家不爱说，就是不爱说，干卿底事。

他又说，常见一些问与答的场面，惨不忍睹，答的一方，很明显地在掩饰，不想给真的答案，可是问的一方，还涎着脸，想要得到答案，不识趣至极点。

奇是奇在有人心痒难搔，如热锅上蚂蚁，非要问下去不可，非要获得答案不可，原来，世上真有笨人。

人家不愿意回答，就该识趣，不要问下去。

不同甲说，只同乙说，当然是因为当事人认为甲于事无补，口疏学浅，无能为力，成事不足，还须一一数清楚？

他人私隐，知来做甚，一不打算出钱，二不打算出力，美其名曰关怀，实则想套取资料，到处嚼舌，表示权威。

有时间，不如把工作做好一点，或是干脆睡他一觉，养足精神。

别人有意掩饰，切忌寻根究底。

后浪

后浪的心态，有时候更奇怪，老是盼前浪退休，理由：不要阻住地球转。

小哥哥与小姐姐们总是没想想，金庸写罢《鹿鼎记》就退出小说界，迄今十余年，怎么样，够通气了吧，不能怪他阻头阻势了吧，可是为什么几百个同文死写烂写这些年，却无出其右者？

这个时候，不得不引用老匡的至理名言了："一流的退出，绝不等于二三流的可以依次递补。"

批注曰：人能有自知之明者不多，而且，都集中在一流人物身上，二三流的人，要是有自知之明，也不至于常在二三流，早有晋身一流的机会了。

他认为最要不得的是，很多二三流者都有一个误解，认为只要千方百计把一流的从一流的位子上弄走，一流的不在了，二三流即可补上，大错特错！

前浪之仍然存在，是因为后浪不够高不够劲，根本盖不住他，或者他够呛，转个身，化为更新更奇的后后浪，脱胎换骨，雷霆万钧，再来一次。

与其等待他人退位让贤，不如学张君宝，另创门派，自成宗师。

聪明笨伯

人，真是要聪明到很聪明的一个地步，才会发觉自己笨得可以。

要承认自己笨！

多么困难，这样吃亏事如何甘心，于是通江湖都是拍着胸膛认天分十足的天才儿童。

大作家于是评论曰："当人自认聪明时，就是他最易受骗时，"还有，"人若是常自夸，他的智力，必然有限。"

千万不能觉得人家笨，同行或同事相处，必有人嘲弄有人笨，那么笨，仍同阁下平起平坐，可见阁下亦属同类。

"自夸这种行为，伤害他人机会，微之又微，对自夸者本身杀伤力之强，却无以复加，甚至可以致命。"

什么命？职业寿命。

笨人安分守己，不做非分之想，不挑战，不迎战，笨人懂得说，人家那么聪明，尚且战战兢兢，郑重其事，然则，焉可轻佻轻敌。

天外有天，人上有人，没有自知之明的人最最讨厌。

一直以为自己绝顶聪明的人，聪明有限，是个聪明笨伯。

攻击

甫进入大机构工作，上司千叮万嘱，做事管做事，无论受到什么挑衅，Don't get personal，千万别人身攻击。

写杂文的人受到批评，总会牵涉到这一点，N 君早年表示不可让越南船民登陆，被同文骂没有人情味、残酷，活该绝子绝孙云云，真系尽人身攻击之能事。

聪明到极点的 N 君哪里理会这一套，马上答曰：那敢情好，不用节育。

看到这样的例子，马上警惕起来，决定斩脚趾避沙虫，尽量不露人身，不提生活细节，无聊之间人得不到最新资料，只得徒呼荷荷。

江湖上烂头蟀避无可避，有些属雇用性质，有些为扬己之名立己之万，一定会缠上来打，这时，最佳办法是我看不见你。

新闻精英电视片集中的墨菲·布朗受不住小报日日拿她来做文章："他们就是看死我们没有足够时间精力与金钱同他们打官司——"

她上司劝她："墨菲，你每用一小时同他们纠缠，就少一小时工作。"

作品优劣，见仁见智，大可讨论，人家婚姻状况，财务状态，人缘好坏，同我们无关。

注 解

N 写了一个笑话，写成之后，有人向他反映，笑话殊不好笑，N 注曰：看官，假如只有好笑的才能算是笑话，我们怎能在这个世界里活下去？

这不是笑话，这是《拍案惊奇》中的《醒世恒言》。

只有好笑的才能算笑话？只有拼命写的才能算作家？只有相貌真正好的才能算美女？只有品格端庄的方能为人师？

还有，所有的承诺通通要实践？所有的盼望均不致落空？善有善报、恶有恶报？努力必得到报酬，勤有功，戏无益？

你不是真相信所有的笑话都应好笑，待人以诚，人家必定回报，蜜蜂得到的肯定比蝴蝶多吧。

我们之所以活下来，因为实在无奈何的时候，我们会得转弯，会得矮一截，会得低头，会得佯装没看见，会得忘记。

今日听过这个不好笑的笑话，明日的笑话可能叫我们笑，既然已经付清今日账单，完成今日功课，天色已暗，让我们叫它一天，好不好，不要再多计较。

是为不好笑笑话的批注。

××

　　回想起来，真觉可笑，年轻之时，连××与××这种人说的话，都当作金科玉律。

　　这几个人至今尚未退休，照样四出活动，把他们的理论灌输给无知少男少女，真正老衬不死，羊牯不死，青春不死。

　　他们的信徒越来越年轻，那是肯定的，他们那三道板斧也越练越熟，吹起牛山来，把年轻人唬得一愣一愣，钦佩不已。

老匡曾经这样打趣："江山代有老千出，各揾老衬数十年。"笑死人。

到今日还时时读到小朋友文中引述"××父说"，真了不起，××仍在诲人不倦。

年纪渐大，经验渐丰，失去人生至大乐趣之一：信人。从前，身边每个人都是清白直至证实系坏人，今日，人人均属可疑直至证实无罪，我这样看人，人也那样看我，哪里还有朋友。

其实泛泛之交，信错一次半次也无多大损失，人清无徒，水清无鱼，太过计较，活该做独家村。

下次见到××与××，对他们口不对心之辞，也许该还以虚情假意："是吗，真有此事？您太伟大了……"

教 投 资

前些时候，有人说，只有阿婆阿公才会把积蓄放在银行里净收利息，愚不可及，聪明时髦现代青年应当把鸡蛋分三份：一份买股票，一份置地产，最多三分之一存户口云云。

大家看了掩嘴笑他说的人人都懂，不过经验这样丰富，口气如此老到，不知他年入多少，又积蓄若干，拥有几幢大厦，吓杀人。

今日，口风也改了吧。

积蓄投资保值，难上又难，叫人头痛，有一年倪匡笑嘻嘻说："赚了还不够花，我没有这种烦恼。"真是，谁有大大胆子，教人投资。

某著名财经报资深专栏作者谆谆善诱："一定要有正当收入，然后，才可兴趣性做若干投资。"

切莫把任何投资当救命王菩萨，以为一朝可以发达。

他又说："年息二厘半亦有优点，不必伤脑筋，免风险，固定进账，不怕蚀本。"今日听来，更是金石良言。

投资也分潮流？凡有增值的均是好投资，年前有人说："不流行汇丰了，要科技股才好。"发钞的银行都不相信，这投资风气也真是妖异。

同真的一样

卖假货的人都喜欢这样说："同真的一样，全看不出来。"

皮草、钻石、金表、名牌手袋……全有假货，通通企图以假乱真，牟取暴利。

一位友人问："假香奈儿手袋你看得出来吗？"

一公里外都看得清，它若同真的一样，它就是真的了，还顶着别人的名字满街乱跑呢，百年建立的名声功力深厚，妄想鱼目混珠。

一日，有人问二哥："这幅齐白石可是真迹？"他答："不大像，画中鱼像已经蒸熟了。"笑得我们弯腰。

尼龙皮草同真的一样？你若见过真的紫貂与银狐，你就不会那样说。

印刷出来的名画，照片中的美女，明信片上风景，都不如亲眼所见。

真的想假冒，也不能太贪心，常常听人说："太假了。"由此可知，还有不太假的，总得留些余地，让人疑幻疑真，方是高手。

不过，有一种小女孩戴的假宝石，又大又亮，七彩缤纷，它从来没说过它像真的，不过取个意思，又十分可爱。

凄凉

说得也真对。

倪匡语录："还在坐三等飞机呀？唉，你今年几岁，还能摆多久，还在刻薄自己？快改坐头等吧。"

不要告诉他王永庆及嘉道理此刻照样坐经济客位，就因为阔人是阔人，所以有时做一下平民反而是种趣怪的享受，小老百姓，日常被压逼得透不过气来，尽可能要抓紧机会善待自身。

一轮混战，总算生活安定下来，抬头一看，已是新中年，许去日苦多，此心却已茫然。

除了穿好些吃好些，不知如何补偿自己，故敬告诸友，喜欢写？多写点，喜欢驾车？立刻置敞篷车兜风去，莫犹豫。嗜好也需要时间金钱培养，苦出身的人有何物可玩，何志可丧，连自己喜欢什么都搞不清楚，真正凄凉。

所有的嗜好还是少年时的坏习惯，无从追究，成年后怕生活出丑，苦苦挣扎，已忘却兴趣。

看到漂亮的装饰品，只称赞道好美好美，并不想试图拥有。

最实际的享受便是尽量把时间收为己用，故此谢绝应酬，以及请家务助理代劳，呀，许多人又要失望了，金钱，有时还真可买到宝贵的时间。

招 数

这笑话多年前由老匡告诉我。

话说旧上海光棍特别多，一日，鱼档来了一个顾客，那人先挑黄鱼，待付钱时却将黄鱼换了带鱼，那人取过带鱼就走，鱼贩说："喂，你尚未付钱。"那人答："这带鱼我用黄鱼换，何用付钞。"鱼贩急道："黄鱼也是我的。"那人道："咄，我又没拿你黄鱼！"

后来，生活经验丰富了，发觉以黄鱼换带鱼的伎俩常见，这则故事，可列入《醒世恒言》之内。

许多时，招待亲友，劳心劳力，无比扰攘，出钱出力，事后对方却四处诉苦，嫌招呼不周，"那至少你在他家耽搁数月，衣食住行医一切由他负责呀。""我根本没要去过！"

常常听到酒醉饭饱的人如此说："早知不去也罢""早知不认识这种人""根本不该合作"，当初如果没有益处，绝不会企图合作，事后嫌得到不够，大表悔意。最惨是明占了便宜，且一口否认："带鱼是用黄鱼换的，我没拿你黄鱼。"甚合逻辑，理直气壮。

回忆起来，要求加稿费之际，也用过类此招数，通常被老总痛斥一番，打回头，甚难得逞。

上海话

这些好使好用的上海俚语，都自老匡处学来。

像大哥不要说二哥，碰巧家中兄弟众多，又按出生早晚排位，故真有大哥及二哥其人，说起来，特别传神。

意思是，都是自己人，同样的德行，不必互相践踏了。

像床底下放鹞子，大高而不妙，床底能有多高，有何作为，能去到多远，列位看官心知肚明。

又像花花轿子人抬人，像拆穿了西洋镜，像耳朵卖到

了六篙荐,像大水冲了龙王庙……通通听他说出,新奇
非常。

上海人见惯世面,十分老练,对世情感慨亦多,老上
海曾嗟叹"只要有铜钿,带胡须的亲娘都买得到",使当
年的我耸然动容。

还有一句至悲凉的,叫热面孔去贴人家的冷屁股,虽
然稍嫌粗俗,可是其无奈、委屈、凄酸之处,胜过其他形
容词多多。

七岁移民到香港,对沪语了解不深,至为遗憾,像叫
花子吃死蟹只只好这种沪语,用来形容逢男必俊之某君,
岂不贴切得叫人嗤一声笑出来。

这些当然已是旧俗语了,新的流行什么,要重做资料
研究。

豆浆

渴望吃咸豆浆。

滚烫地盛在汤碗中，打下一只鸡蛋，加榨菜虾米碎，几滴辣油，一调匙鲜酱油，加一碟子油炸鬼，低下头，大嚼。

倘若未饱，添一客甜粢饭。

粢饭，这样东西，其实是糯米饭蒸熟了，搓成椭圆形饭团，当中夹白砂糖而已，不知怎的，如此美味。

现在都吃不到了，小朋友甚至没听说过有这两样小点。

少年时与大作家同住，这人每逢见到粢饭，必定雀跃，并且将饭团取起，大力重整，见弟妹骇笑，便说："你们懂什么，粢饭不搓不好吃。"至今仍觉不大卫生。

统港九混找，失望。

到温哥华，见北方馆子餐牌上有豆浆，大乐："咸豆浆一碗。""只有甜的。""不加糖加酱油，不就是咸的？一定有。""嗳……""厨房一定还有榨菜虾米等等等等，我自己来可以吗？"

居然喝到咸豆浆，真好吃，喝下去，有种满足感，仿佛解了什么渴，许只是思乡。

风 炮

原来数十年来，一贯发出达达达，轧轧轧巨响，用人手操作的钻路器叫风炮。

自小学时期开始，每经过修路地带，便诧异世上竟有这样落后的工具，但见工人晒得赤棕油亮的背脊布满汗珠，吃力地在震耳欲聋的噪声中操作，真正辛苦。

老匡曾多次述及，五十年代，他以流亡学生身份抵港找生活，也试过做筑路苦工，与风炮打过交道。

它是少数一直不获改良的工具之一，直至今日，政府

立例管制噪声，方限承建商采用新式风炮，音浪以不超过

一一〇分贝为标准。

　　一一〇分贝是多少？机场附近录得的噪声为九十分

贝，新型风炮，其实也很厉害。

　　老式风炮，到底摧毁多少耳膜，无可估计，海隧、地

铁、东区走廊……本市要多先进便多先进，可是打桩机数

十年如一日碰碰碰。

　　置地广场名店林立，要多繁华便多繁华，美中不足的

是，劳工始终欠缺保障。

　　社会逐渐进步，漏洞逐一堵塞，一具风炮，也就是一

个故事。

磨炼

爱上八音盒子，在七三年夏天，去读书那一个暑期，轰轰烈烈的炎夏，侄女儿那时年幼，持一只古老木盒子，用手出力摇，传出星星碎碎的音乐，叮叮咚咚，不知诉说什么，胖胖的身子与我挤在一张沙发里，汗黏着汗。忽然想到二十多岁的人还要到远处开始新生活，不禁泪流满脸，但觉生不如死。

太脆弱了，如八音盒子，好看不中用，人是要经过磨炼才会坚强，陈腔滥调可信的成分往往最高。

十年弹指过，刹那芳华，此刻终于练出来了，像什么？电饭锅？烤吐司炉？哈哈哈哈。

老花

卫君发觉自己老花的戏剧性过程如下：

一日他如常起床看报纸，发觉看不清楚报上小字。一定是眼镜脏了，他想。连忙去抹净镜片，但，咦，还是模糊，于是换另一副眼镜，不过仍然一团云，再抹镜片，再看，忽然之间，他醒觉：我老花了！与眼镜无尤。

即时悲从中来，紧紧把自己关在书房内一个上午，报也不看了。

前日这种情形发生在自己身上，急得发汗，忙在验眼之前跑到太阳底下去抽烟压惊。结果原来是新隐形眼镜与眼球的弧度不对。嘘！老眼昏花的日子还没到来。

刺马

陈可辛用不同角度重拍《刺马》。

《刺马》这故事曲折离奇，当年的导演张彻说，那时马新贻已贵为两江总督，一日清晨广场阅兵，旗杆上忽然有刺客飞跃而下，将他刺杀，他临终只说了一句话："原来是你。"那人是张汶祥。

凶手并无抵抗，当场逮捕，传说纷纭，渐渐揭发一个爱情故事。

倪匡是张导的编剧，他认为两江总督，什么样的美女都有啦，偏偏勾义嫂，可见是真爱，还因此丧命，十分浪漫。

而刺客张汶祥是马新贻未发迹时结义兄弟，那个红颜，却并非张妻，而是另一个兄弟的爱人……

该案从来不曾水落石出，真是电影好题材。

还有一件事。

少年时在《明报》任见习记者，一日，同事陈铜民邀我到他家吃饭，我记得他有两个孩子，陈太太忙个不已，六七岁的大女很乖，自己玩，可是那三四岁的小男孩却缠住妈妈闹，我把他抱在怀里让他坐膝上哄他，现在想起来，那小小男孩，便是陈可辛。

报 仇

半生看过那么多优秀电影，说到最喜欢，也许脱口而出：《报仇》。张彻导演，倪匡编剧。

这可能是第一部伤感华语电影，调子沉郁，黑白灰，故事简单一如片名：报仇，主角的大哥被人谋杀，他去复仇，一点选择也无，这是他的命运。

在这之前，华语电影总是愉快明澄，即使是《梁祝》《六月雪》，总有个结局：善有善报、恶有恶报，若然不报，时辰未到，电影里都有道德教训。

《报仇》除外，之后才有《旺角卡门》《悲情城市》《无间道》那样悲怆的电影，观后心头含泪。

华人观众在大悲大喜，剧终时大力鼓掌之余，得到更高层次的感情享受。

报仇并非像《水浒传》中李逵，持双斧一路上砍将过去，痛快至极，《报仇》何等辛酸可憎血腥。

在所有超级英雄故事里，只有《封神榜》的雷震子，意外服下朱果，胁下忽然长出双翅，他痛哭：以后怎么做人？他愿意一辈子做樵夫，不肯升上神台，叫人恻然。

侧闻《报仇》可能重拍，真是好消息。

男主角，可能难找一点。

上一次笑

请问你上一次大笑是什么时候?

是那种完全不需要付出,就笑得前仰后合,眼泪都挤出来的欢畅大笑。

周末看台湾制作娱乐节目中模仿大赛一环,有个参赛者蜡亮了头发,声嘶力竭地嚷:"阿扁,错了吗,阿扁错了吗?"那姿势、语气,九成似真,笑得观众翻倒,但愿将来,每一个领导人都有被调侃的机会。

再对上一次,已是许久之前,那晚,大家在金庸家过农历年，深夜了，还不愿离去，站在大门口继续聊，忽然老匡哼起改版《义勇军进行曲》，我们听仔细歌词，笑得站不直，累阿鞍与凤仪蹲到地下，唉，那样的好时光也会过去。

升职、加薪、接到赞赏，都叫我们高兴，可是，已经付出那么多精血，其中苦乐冷暖自知，哪里比得上原始开怀每个毛孔都欢欣的大笑。

小女在地库看电视，时时呵呵呵笑得像圣诞老人，"你看第几台？""三十四台。"连忙转台，可是一点也不觉得好笑。

不开心？不，不，只是不大好笑。

追 思

因事清晨起床，天蒙亮，星零碎的往事，忽然涌现。

最早的记忆，可追溯到只得两岁的时候，母亲养下弟弟坐月子，把大一号的女儿送到外婆家寄宿，半夜啼哭，外婆被吵得无奈，只得以冰糖贿赂，蛀牙，大抵就是自那个时候开始的。

半明半灭的天空，倏隐倏现的思维，空气中带着落索，都想起来了。

肥胖的弟弟如何指着我同人说："这是我姐姐，但是我叫她阿妹。"兄长都非常遥远，只得我俩结伴厮混吵闹。

老大老二青年时爱国多过爱家，浪漫地追随共产主义，老三是红领巾，站得笔挺，唱"胜利的旗帜哗啦啦地飘，千万人的呼声震动山腰……"

时间像火车那样克轰克轰呼啸而过。

侄子出生，看护抱怨是个特别顽皮的新生儿，在育婴室就拒喝淡开水，哭声震天，非要特别优待加一匙葡萄糖不可。

都不过似昨天的事罢了，上班落班，飞机来来去去，应酬胡闹，消耗了宝贵时光。

偶尔在清晨，忽然追思前半生。

——全书完——

图书在版编目（CIP）数据

我哥 /（加）亦舒著 . —长沙：湖南文艺出版社，2018.1
ISBN 978-7-5404-8256-5

Ⅰ . ①我… Ⅱ . ①亦… Ⅲ . ①散文集—加拿大—现代 Ⅳ . ① I711.65

中国版本图书馆 CIP 数据核字（2017）第 188321 号

上架建议：畅销 · 散文集

WO GE
我哥

作　者：[加] 亦舒
出 版 人：曾赛丰
责任编辑：薛　健　刘诗哲
监　　制：毛闽峰　赵　萌　李　娜
特约监制：刘　霁　郑中莉
策划编辑：李　颖　谢晓梅　张丛丛　杨　祎
文案编辑：王　静
营销编辑：贾竹婷　雷清清　刘　珣
封面设计：利　锐
版式设计：李　洁
出版发行：湖南文艺出版社
　　　　　（长沙市雨花区东二环一段 508 号　邮编：410014）
网　　址：www.hnwy.net
印　　刷：北京天宇万达印刷有限公司
经　　销：新华书店
开　　本：775mm×1120mm　1/32
字　　数：136 千字
印　　张：7.5
版　　次：2018 年 1 月第 1 版
印　　次：2018 年 1 月第 1 次印刷
书　　号：ISBN 978-7-5404-8256-5
定　　价：45.00 元

若有质量问题，请致电质量监督电话：010-59096394
团购电话：010-59320018